KB274282

10대에게 힘이 되어준 한마디

10대에게
힘이 되어준 한마디

정호승 에세이

비채

고래를 위하여

푸른 바다에 고래가 없으면

푸른 바다가 아니지

마음속에 푸른 바다의

고래 한 마리 키우지 않으면

청년이 아니지

푸른 바다가 고래를 위하여

푸르다는 걸 아직 모르는 사람은

아직 사랑을 모르지

고래도 가끔 수평선 위로 치솟아올라

별을 바라본다

나도 가끔 내 마음속의 고래를 위하여

밤하늘 별들을 바라본다

작가의 말

어느 날 문득 이런 생각이 들 때가 있었습니다.

'내가 10대일 때, 나보다 인생을 먼저 살아간 어른들이 내게 이런 말을 진작 좀 해주셨더라면 정말 좋았을걸!'

이런 안타까움은 살아갈수록 더욱 커지곤 했습니다.

'그걸 10대 때 알았더라면 내가 지금 이렇게 살지는 않을 텐데, 보다 나은 삶을 살 수 있었을 텐데!'

이런 안타까움이 저로 하여금 10대에게 힘이 되어줄 수 있는 한마디 말을 오랜 세월 동안 메모하고 정리하게 해주었습니다.

저에게는 지금도, 돌아가신 어머니의 말씀 한마디가 늘 힘이 됩니다.

어머니는 제가 무슨 일을 하다가 너무 힘들어 포기하려 들면 "괜찮다, 다시 해봐라"라고 말씀하셨습니다. 그리고 아예 포기하고 그 일을 하지 않고 있으면 "지금도 늦지 않았다" 하고 말씀하셨습니다.

힘들고 어려운 일에 부닥칠 때마다 다시 해볼 수 있는 힘을 주는 어머니의 귀한 말씀이 아닐 수 없습니다.

저는 여러분에게도 이런 귀한 말씀을 들려드리고 싶어 이 책을 썼습니다.

이 책이 여러분에게 큰 힘과 위안이 되었으면 좋겠습니다.

여러분이 배가 고플 때 꼭 먹어야 되는 맛있는 밥이 되면 좋겠습니다.

10대인 여러분의 현재와 미래에 큰 길라잡이가 되었으면 좋겠습니다.

한마디 말이 내 일생을 좌우할 수도 있습니다.

2026년 봄을 기다리며

정흥승

차례

1부 멀리, 깊게, 그리고 크게

목표를 세우면 목표가 나를 이끕니다 14

10년 뒤에 내가 무엇이 되어 있을까를 지금 항상 생각하세요 20

새우잠을 자더라도 고래 꿈을 꾸세요 26

인생은 자기가 생각한 대로 됩니다 32

미래는 하나가 아니라 여러 개입니다 38

속도보다 방향이 중요합니다 46

깊은 데에 그물을 던지세요 52

남과 나를 비교하는 일만큼 어리석은 일은 없습니다 58

제비꽃은 제비꽃답게 피면 됩니다 64

지금 이 순간을 열심히 사세요 70

2부 **바다를 건너는 달팽이처럼**

노력이 재능입니다 78

나의 가장 약한 부분을 사랑하세요 84

엎질러진 물 때문에 울 필요는 없습니다 90

쓴맛을 맛보지 못하면 단맛을 맛보지 못합니다 96

별을 보려면 어둠이 꼭 필요합니다 102

새들은 바람이 가장 강하게 부는 날 집을 짓습니다 108

달팽이도 마음만 먹으면 바다를 건널 수 있습니다 114

사진을 찍으려면 천 번을 찍으세요 120

한 일一 자를 10년 쓰면 붓끝에서 강물이 흐릅니다 126

실패에는 성공의 향기가 납니다 132

3부 처음부터 완벽한 인생은 없다

견딤이 쓰임을 결정합니다 142

참지 못하면 이길 수 없습니다 148

낙타가 쓰러지는 건 깃털같이 가벼운 짐 하나 때문입니다 156

나만의 속도에 충실하세요 162

피라미드를 쌓는 일도 처음엔 돌 하나 나르는 일에서부터 시자됩
니다 170

무슨 일이 있어도 "괜찮아!" 하고 말하세요 176

지금도 늦지 않았습니다 182

무엇을 시작하기에 충분할 만큼 완벽한 때는 없습니다 188

다람쥐는 작지만 코끼리의 노예가 아닙니다 196

천하에 가장 용맹스러운 사람은 남에게 질 줄 아는 사람입니다 202

4부 비바람과 눈보라

모든 벽은 문입니다 210

지나간 1분은 세상의 돈을 다 주어도 사지 못합니다 216

사람은 실패를 통해 다시 태어납니다 222

이 세상에 실수하지 않는 사람은 아무도 없습니다 230

대패질하는 시간보다 대팻날을 가는 시간이 더 길 수도 있습니다 236

햇빛이 계속되면 사막이 되어버립니다 242

진주에도 상처가 있습니다 248

상처는 스승입니다 252

호랑이는 토끼 한 마리를 잡을 때에도 있는 힘을 다합니다 258

하버드대 졸업장보다 독서하는 습관이 더 중요합니다 264

어떤 목표를 정하느냐에 따라 결과는 달라집니다.

목표를 세우고 살아가는 삶과

목표를 세우지 않고 살아가는 삶은 참 다릅니다.

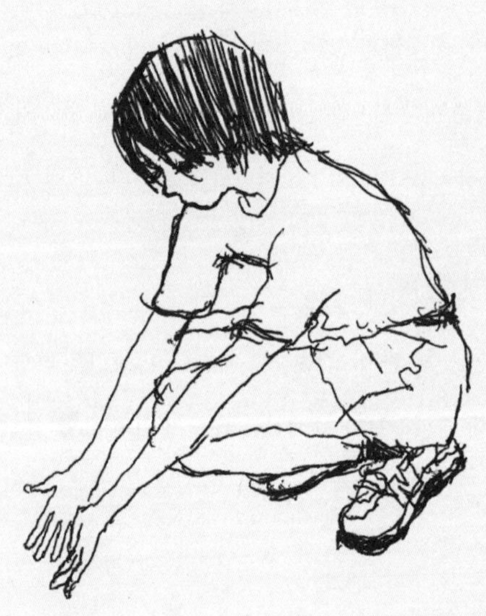

1부

멀리, 깊게, 그리고 크게

목표를 세우면 목표가 나를 이끕니다

저는 대구 대륜고등학교 3학년 2학기 때, 서울에 있는 경희대학교에 문예장학생으로 입학하겠다는 목표를 세웠습니다. 그래서 1968년 8월 29일 경희대학교 국문학과 주최 백일장에 참석했습니다. 1, 2, 3등 당선자는 문예장학생으로 무시험 입학할 수 있었습니다. 그런데 저는 4등에 당선되었습니다.

당시 심사위원장 조병화 시인께서 심사평을 하시면서 "정호승 군의 시는 상위권으로 올리자니 문제점이 많고 떨어뜨리자니 너무 아깝고 해서 4등을 준다"라고 말씀하셨습니다. 문예장학생 입학을 목표로 백일장에 참석했는데 입학을 할 수 없게 된 것이었습니다.

무척 슬펐습니다. 그날 밤, 서울역에서 밤 기차를 타고 대구로 내려오면서 속으로 울었습니다. 그렇지만 자정이 넘어 대구역에서 집까지 한 시간 정도 걸어가면서 새로운 목표를 세웠습니다.

그해 11월로 예정된 경희대학교 국문학과 주최 전국 고교생 문예현상모집에 다시 작품을 보내 문예장학생으로 입학한다는 게 그 목표였습니다.

저는 고등학생들이 쓴 시를 모아 평론을 썼습니다. 〈고교문예의 성찰-고교시를 중심으로〉라는 제목의 평론이었습니다. '고교문예' '고교시'라는 말은 제가 다 생각해냈습니다.

결국 저는 그 평론이 최우수작으로 당선돼 경희대학교에 문예장학생으로 입학할 수 있었습니다. 목표를 세우니까 목표가 나를 이끌어준 것이었습니다.

그런데 문예장학생 자격이 1년만 주어졌습니다. 문단에 등단해 시인이 되어야만 장학금이 계속 지급된다는 조건이 붙었습니다. 저는 일간지에서 주최하는 신춘문예에 당선되겠다는 목표를 세웠습니다. 한 해 휴학을 하고 외삼촌 집이 있는 경주 보넉암이라는 암자에서 혼자 라면을 끓여 먹으며 열심히 시를 써 신춘문예에 투고했습니다. 그런데 두 해에 걸쳐 두 번이나 낙방되었습니다.

그래도 포기할 수는 없었습니다. 집안 형편이 어려워 문예장학생으로 장학금을 받아야만 대학을 다닐 수 있었습니다. 결국 군 복무 중에 한국일보 신춘문예에 동시 〈석굴암을 오르는 영희〉, 대한일보 신춘문예에 시 〈첨성대〉가 당선돼 다시 문예장학생으로 복학할 수 있었습니다. 저는 그때 목표를 세우면 목표가 나를 이끌어준다는 것을 가슴 깊이 체험했습니다.

여러분은 지금 무슨 목표를 세우고 계신가요? '나는 무엇이 되고 싶다'라는 그 '무엇'에 대한 목표를 세우세요. 일단 목표를 세우면 두려워할 필요가 없습니다. 왜냐하면 목표가 나를 이끌어주기 때문입니다. 중요한 것은 내가 목표를 세우느냐, 세우지 않느냐 하는 점입니다.

어릴 때 학교에서 '토끼와 거북이' 우화를 배웠습니다. 느린 거북이가 왜 빠른 토끼하고 달리기 경주를 하게 되었을까 의문이 들었습니다. 토끼가 비교조차 할 수 없을 만큼 빠르다는 것을 거북이도 잘 알고 있었을 텐데 말입니다. 아마 아무리 빠른 토끼라 할지라도 너무 오만하면 거북이한테 진다는 교훈적인 이야기를 하려고 했을 겁니다. 그런데 거북이는 왜 그런 시합에 선뜻 나섰을까요? 저는 그 점이 무척 궁금했습니다.

거북이는 아예 처음부터 토끼를 이길 수 없음을 잘 알고 경기를 시작했을 겁니다. 토끼를 이기는 데 목표를 둔 것이 아니라 시간이 오래 걸리더라도 포기하지 않고 정상에 도달하는 것을 목표로 정한 것입니다. 그래서 거북이한테는 토끼가 잠을 자든 안 자든 처음부터 아무런 문제가 되지 않았습니다. 거북이는 토끼에게 이겼다기보다는 자신의 목표를 달성했을 뿐입니다.

이렇게 어떤 목표를 정하느냐에 따라 결과는 달라집니다. 목표를 세우고 살아가는 삶과 목표를 세우지 않고 살아가는 삶은 참 다릅니다. 목표를 세우지 않은 사람은 목표를 세운 사람들을 위해 일하도록 돼 있습니다. 진정 하고 싶은 일이 있거나 진정 되고 싶은 무엇이 있으면 일단 그 결과를 미리 예측하지 말고 목표를 세운 뒤 꾸준히 노력해나가는 것이 중요합니다.

목표를 세우면 그 목표를 내가 따라가는 것 같지만 실은 그 목표가 나를 이끕니다. 처음부터 자신의 능력에 맞는 일을 하려 하기보다는 하고 싶은 일을 꾸준히 해나갈 수 있는 능력을 키우는 것이 더 중요합니다. 능력이란 가만히 있는데 주어지는 게 아니라 열심히 일하고 노력하는 과정 속에서 이루어집니다.

목표를 세우면 나도 모르게 잠재능력이 일깨워집니다. 저는 시인이 되고 싶다는 목표가 있었기 때문에 시인이 되었습니다. 평생 시를 쓰면서 살겠다는 목표가 있었기 때문에 지금도 시인의 삶을 살고 있습니다.

목표를 세운다는 것은 나는 무엇이 되고 싶다는 꿈을 지니는 것입니다. 그런 꿈이 없으면 나중에 날개가 부러져 날 수 없는 새가 되고 맙니다. 인도의 성자 간디는 "사람은 자신이 될 것이라고 믿는 인물로 성장하는 경우가 많다"라고 했습니다.

10년 뒤에 내가 무엇이 되어 있을까를

지금 항상 생각하세요

제가 고등학생 때였습니다. 지금은 주택가가 되어버린 동대구역 가까운 야산에 올라 형과 대구 시내를 내려다보고 있었습니다. 아마 추석이 지난 뒤에 할아버지 할머니 산소를 찾아가 성묘를 하고 내려오는 길이었을 겁니다.

대학생인 형이 멀리 대구 시내를 내려다보다가 불쑥 이런 이야기를 꺼냈습니다.

"호승아, 앞으로, 10년 뒤에 네가 무엇이 되어 있을까를 항상 생각하면서 살아라."

저는 형이 갑자기 무슨 소리를 하나 싶어 의아한 표정을 지으며 형을 쳐다보았습니다. 그랬더니 형이 물었습니다.

"호승이 너는 10년 뒤에 무엇이 되어 있을 거니?"

"몰라, 나는. 한 번도 그런 생각해본 적 없어. 10년 뒤에 내가 뭐가 될지 어떻게 알아? 그러는 형은 10년 뒤에 무엇이 되어 있을 건데?"

저는 형이 엉뚱한 이야기를 한다 싶어 약간 퉁명스럽게 말했습니다.

"나는 10년 뒤에 정신과 의사가 되어 있을 거야."

형은 조금도 망설이지 않고 그런 말을 했습니다. 그때 형은 경북대학교 의과대학을 다니고 있던 의대생이었습니다.

"호승이 너, 내 책상 앞에 붙여놓은 사진 봤어? 어떤 외국인 흑백사진 말이야."

"응, 봤어. 그런데 형, 그 사람 누구야? 누군데 형이 책상 앞에 붙여놓았나 늘 궁금했어."

"그 사람은 세계적으로 유명한 프로이트라는 정신과 의사야. 심리학자이기도 하고. 나는 10년 뒤에, 세계적으로 유명해질지는 모르겠지만, 그런 정신과 의사가 될 거야."

저는 그때서야 형이 저한테 무슨 이야기를 하고 싶어서 그런 말을 하는지 알아차렸습니다. 그래서 10년 뒤에 제가 무엇이 되어 있을까 곰곰 생각해보았습니다. 그러나 아무리 생각해도 막막하기만 할 뿐 구체적으로 떠오르는 게 아무것도 없었습니다.

"1년이 지나면 또 1년이 지난 그 시점에서, 5년이 지나면 또 5년이 지난 그 시점에서 10년 뒤의 나를 생각하는 거야."

형은 어느새 웃음기를 거두고 진지한 표정으로 저를 쳐다보면서 제 손을 꼭 잡았습니다.

"그래, 형은 의대생이니까 틀림없이 정신과 의사가 되어 있을 거야."

저는 형에게 그렇게 말하고는 더 이상 아무 말도 못 했습니다. 그러면서 속으로는 '10년 뒤에 나는 무엇이 되어 있을까. 아마 대학을 졸업하고 군대도 갔다 오고 어디 직장을 다니겠지' 하는 생각을 막연히 하다가 자리에서 일어났습니다. 결국 10년 뒤에 내가 무엇이 되어 있을 거라고 형한테 말을 하지 못했습니다.

그 후, 형과 다시 그런 대화를 나눈 일은 없었습니다. 그렇지만 저는 고등학교 3학년 2학기가 되었을 때 비로소 '나는 시인이 되고 싶다'라는 생각을 하게 되었습니다. 아무도 시인이 되라고 하지는 않았지만 저는 시인이 되고 싶었습니다.

"그래, 나는 10년 뒤에 시인이 되어 있을 거야."

지금 돌이켜보면 그때 그런 생각을 했기 때문에 저는 시인이 되었습니다.

그러면 형은 지금 무엇이 되어 있을까요? 물론 정신과 의사가 되어 있습니다. 형은 의과대학을 졸업하고 군의관으로 베트남전에 참전한 뒤 미국으로 유학을 가 정신과 의사가 되었습니다. 미네소타 주에서 병원을 개업했다가 지금은 LA 시립 병원 청소년 담당 정신과 의사로 일하고 있습니다.

저는 지금까지 형의 그 말을 잊어본 적이 없습니다. 항상 10년 뒤의 나를 그려보면서 살아왔습니다. 어떤 때는 제가 그린 대로 되기도 했지만, 어떤 때는 그리지도 않은 그림이 그려져 고달픈 삶을 살기도 했습니다.

그렇지만 지금도 저 자신에게뿐만 아니라 가까운 이들에게 곧잘 그 말을 합니다. 중·고등학교에서 문학 강연을 하면 학생들에게도 꼭 그 말을 강조합니다.

"10년 뒤에 내가 무엇이 되어 있을까를 오늘, 지금 생각하라. 그리고 1년이 지나면 또 그 시점에서, 2년이 지나면 또 그 시점에서 10년 뒤에 내가 무엇이 되어 있을까를 생각하라. 그러면 생각한 모습 그대로 내가 이루어질 수 있을 것이다."

이런 말을 형을 대신해서 제가 전합니다.

나의 미래는 지금 내가 무엇을 생각하고 무엇을 하고 있느냐에 따라 달라집니다. 나의 미래는 나의 미래가 결정하는 게 아니라 나의 오늘이 결정합니다.

저는 오늘도 10년 뒤에 내가 무엇이 되어 있을까를 생각합니다. 만일 건강이 허락돼 그때까지 살아 있다면, 저는 80대 중반에 이른 '시 쓰는 노인'이 되어 있을 겁니다. 그것만으로도 감사하고 기쁠 것입니다.

새우잠을 자더라도 고래 꿈을 꾸세요

어릴 때부터 늘 어른들한테 들어오던 말이 있습니다. 그것은 '꿈을 가지라'라는 말입니다.

"넌 꿈이 뭐니? 커서 뭐가 되고 싶니?"

어른들은 왜 그런 질문을 자꾸 하는지 알 수 없었습니다.

그래서 그런 말을 들을 때마다 듣기가 싫었습니다. 듣기 싫을 뿐만 아니라 꿈을 꾼다는 사실 자체가 참으로 식상한 일이라고 생각되었습니다. 그런데 어른 세대가 되어버린 저도 요즘은 젊은 학생들에게 이런 말을 합니다.

'꿈의 크기가 삶의 크기다!'

학생들 또한 이 말을 듣고 제가 그랬듯이 식상해할 것이 뻔합니다. 늘 듣던 이야기를 지겹게도 또 듣는다고 생각할 것입니다.

시인 조병화 선생께서 경희대학교 문리대 학장으로 계실 때였습니다. 선생께서는 당신 친필로 '꿈'이라고 쓴 삼각형 깃발을 문리대 건물 1층 계단 입구에 세워놓았습니다.

저는 그 깃발의 의미를 잘 몰랐습니다.

'내가 어린앤가, 저런 깃발을 다 세워두게. 시인이 학장이라

좀 다르군.'

그런 생각만 하고 늘 그냥 지나쳤습니다.

선생께서는 당신의 고향, 경기도 안성 난실리에 대해 말씀하실 때도 "마을 입구에 와서 '꿈'이라고 쓴 깃발이 펄럭이는 집으로 찾아오면 된다"라고 하셨습니다.

그 말을 들을 때에도 '선생님께서는 왜 꿈이라는 말을 저렇게 좋아하시는 것일까' 하는 생각만 했지 그 깊은 의미를 몰랐습니다.

그런데 차차 나이가 들어가면서 젊을 때부터 자기만의 꿈을 꾼다는 사실이 참으로 중요하다는 것을 알게 되었습니다. 살아갈수록 젊을 때 꾼 꿈의 모습대로 인생이 이루어진다는 것을 깨닫게 되었습니다. 조병화 선생께서는 젊을 때 꾸는 꿈이 그 사람의 일생에 얼마나 결정적인 역할을 하는지 이미 알고 계셨던 것입니다.

어른이 되어 꾸는 꿈은 아무리 그 꿈이 크다 할지라도 초라해질 수밖에 없습니다. 어릴 때 꾸는 꿈과 어른이 되어 꾸는 꿈은 그 성격 자체가 다릅니다. 어른이 되면 주어진 자기 현실의 범위와 한계가 어떠한지 잘 알게 됩니다. 그래서 이루어질 수 없을 게 뻔한 꿈을 꾸려고 들지 않습니다.

그래도 저는 꿈을 꾸려고 노력해보았습니다. 시만 써서도 가장家長으로서의 역할과 책임을 다 할 수 있는 꿈을 꾸었습니다. 그러나 어른이 되어 꾸는 꿈은 역시 새우 꿈에 불과했습니다. 그런데 '새우잠을 자더라도 고래 꿈을 꾸어라'라는 말씀을 대하는 순간, 눈이 번쩍 떠졌습니다. '내 비록 현실에서는 작은 보리새우처럼 웅크려 잠을 잔다 하더라도 꾸는 꿈만은 고래 꿈을 꾸어야지' 하고 생각하자 마음에 힘이 솟았습니다.

그래서 마흔한 살 때 직장 생활을 그만두고 전업작가의 길로 들어섰습니다. 물론 고생이 많았습니다. 고정적으로 들어오던 월급이 끊기고 비정기적인 원고료 수입에 의존해야 했습니다. 글쓰기는 제 뜻대로 잘되지 않았습니다. 그래도 저는 포기하지 않았습니다. 7년 만에 다시 《사랑하다가 죽어버려라》《외로우니까 사람이다》 시집을 내고 독자들의 사랑을 받을 수 있었습니다.

제 지인 중에 박영립 변호사라는 분이 있습니다. 이분은 고향 담양에서 초등학교를 졸업한 뒤 집안이 가난해서 중학교에 진학하지 못하고 있다가 열다섯 살에 서울로 상경했습니다.

여관 종업원으로 서울 생활을 시작했지만 3개월 만에 그만뒀습니다. 수학여행 온 학생들에게 점심식사 장소를 잘못 알려주고는 어린 마음에 너무 겁이 나서 무작정 도망을 쳤습니다. 아무 데도 갈 곳이 없어 온기가 남아 있는 연탄재를 껴안고 남대문시장 골목에서 밤을 지새우곤 했습니다. 새우잠을 잔 것입니다.

그러나 현실에서는 비록 새우잠을 자지만 미래에 대한 꿈만은 고래 꿈을 꾸었습니다. 음식점 종업원, 양복점 재단사 보조원, 공장 청소, 신문 배달 일을 하면서도 공부를 해야 한다고 생각했습니다. 다행히 동대문시장 이불가게에서 일하면서 오전에는 검정고시 학원을 다니고, 오후에는 가게 점원 생활을 할 수 있었습니다.

결국 스물세 살 때 중·고등 과정 검정고시에 합격하고 숭실대학교 법경대학에 수석 입학했습니다. 그리고 대학에서 법조인의 꿈을 꾸고 스물아홉 살 때 제29회 사법고시에 합격해 변호사가 되었습니다. 법무법인 '화우'를 다년간 이끌다가 법무법인 '최앤박'을 설립, 노동 법률 상담 등 변호사로서 열심히 활동하고 있습니다.

만일 이분이 연탄재를 껴안고 밤을 지새우면서도 공부하는 사람이 되겠다는 꿈을 꾸지 않았다면, 법조인이 되어 남을 돕겠다는 꿈을 꾸지 않았다면, 오늘의 박영립 변호사는 존재하지 않았을 것입니다.

이렇게 꿈은 꿈을 꾸는 자의 것입니다. 꿈이 없는 삶은 날개가 부러져 땅바닥에 앉아 굶어 죽어가는 새와 같습니다. 한번 꾼 꿈은 어떤 어려움이 따르더라도 꾸준히 추구해야 합니다. 꿈은 어쩌면 꿈을 추구하는 과정 속에서 이루어지는지도 모릅니다. 추구하지 않는 꿈을 지니고 있는 것은 자기 손에 든 아이스크림이 녹아내리는 광경을 멍하니 바라보는 것과 같습니다.

해보기 전에는 자신이 무엇을 할 수 있는지 아무도 모릅니다. 물론 자기 자신도 모릅니다. 할 수 있다는 믿음을 지니고 있다면 분명 그것을 해내는 능력을 지니게 됩니다. 인생은 젊을 때 어떠한 꿈을 어느 정도 꾸었느냐에 따라 완전히 달라집니다.

인생은 자기가 생각한 대로 됩니다

내 인생은 누구의 생각대로 이루어질까요? 부모님? 학교 선생님? 누나와 오빠? 친한 친구들? 아닙니다. 바로 나 자신의 생각대로 이루어집니다. 오늘 내가 생각하고 있는 그 생각대로, 내일 내가 생각할 그 생각대로 이루어집니다. 다른 사람의 생각대로 내 인생이 이루어지지 않습니다.

청소년 때는 부모의 생각에 의해, 스승의 생각에 의해 내 인생이 이루어진다고 여길 수도 있습니다. 그러나 그것은 착각입니다. 부모와 스승은 내 인생의 길라잡이가 될 수 있고, 내 인생의 울타리가 되어 도움은 줄 수 있습니다. 그렇지만 내 인생을 만들어주지는 않습니다.

행여 부모의 뜻대로 의과대학에 진학했다 하더라도 공부는 내가 하는 것입니다. 부모가 나 대신 공부해주는 것이 아닙니다. 내가 배가 고프면 내가 밥을 먹어야 배가 부릅니다. 부모가 밥을 먹었다고 내 배가 불러지는 것은 아닙니다. 내가 무슨 생각을 하고, 그 생각을 따라 얼마나 노력하느냐에 따라 내 인생은 형성됩니다.

아무도 저더러 시인이 되라고 하지 않았습니다. 제가 시인이 되고 싶다고 생각했기 때문에 시인이 되었습니다. 저는 또 국어교사가 되고 싶다는 생각을 했고, 기자가 되고 싶다는 생각을 했습니다. 그 생각대로 숭실고등학교 국어교사가 되었고, 조선일보사에서 나오는 〈월간조선〉 잡지기자가 되었습니다. 제가 생각한 대로 제 인생이 만들어진 것입니다. 그런 생각을 하지 않았다면 시인도 국어교사도 잡지기자도 되지 못했을 것입니다.

제 아이들 또한 마찬가지입니다. 제가 부모로서 그들 인생에 도움은 주었지만 인생을 결정하거나 만들어주지는 않았습니다. 아무리 부모라고 해도 자식의 인생을 만들어주지는 못합니다.

내 인생은 내 생각으로 내가 만드는 것입니다. 대학교에 진학할 것인가 말 것인가, 진학한다면 이 인공지능 시대에 무슨 과를 선택할 것인가. 모두 내 생각과 선택에 의해 결정됩니다.

그러니까 오늘과 내일에 대한 나의 생각이 중요합니다. 내가 생각한 대로 살지 않으면 나중에는 사는 대로 생각하게 됩니다. 인간은 생각하는 동물이기 때문에 사는 대로 생각하는 것보다 생각한 대로 사는 게 더 중요합니다. 내 인생의 주인은 나 자신입니다. 나 외에는 아무도 내 인생을 만들 수 없습니다. 아무도 내 인생의 주인이 될 수 없습니다.

미국의 작가 트리나 폴러스가 쓴 동화 《꽃들에게 희망을》에는 거대한 기둥을 기어오르는 한 마리 애벌레 이야기가 나옵니다. 그 애벌레는 먹고 자고 하는 평범한 삶 외에 보다 나은 다른 삶이 있을 것이라고 생각했습니다. 그러다가 수많은 동료 애벌레들이 기어오르는 기둥을 발견하고 자신도 그 기둥을 기어올랐습니다.

다른 애벌레들을 짓밟으면서 오직 위를 향해 기어올라가 마침내 기둥의 정상에 다다랐습니다. 그런데 정상엔 동료 애벌레들밖에 없었습니다. 그 기둥은 애벌레들로 이루어진 경쟁의 기둥, 허상의 기둥이었습니다.

그는 애벌레들로 이루어진 기둥을 애써 기어올랐다는 사실을 후회합니다. 그러다가 다른 애벌레를 만나 우정을 나누고 고치가 되었다가 마침내 나비가 되어 꽃들에게 희망을 주게 됩니다.

그 애벌레가 악착같이 '애벌레들의 기둥'을 기어오른 까닭은 무엇일까요. 그것은 삶에는 좋은 형식이 있다고 생각하고 그 형식을 따라갔기 때문입니다. 그리고 나뭇가지에 매달려 고치가 됨으로써 수많은 꽃들에게 희망을 주는 나비가 된 까닭은 삶이 자기가 생각한 대로 이루어진다는 것을 깨달았기 때문입니다.

그 애벌레는 '나도 나비가 되고 싶다' 하고 생각함으로써 비로소 나비가 되었습니다. 만일 그런 생각을 하지 않고 계속 기둥의 정상에 머무르기만을 원했다면 나비가 될 수 없었습니다. 물론 꽃들에게 희망을 줄 수도 없었을 것입니다.

어떤 이들은 인생에 형식과 정답이 있다고 여깁니다. 좋은 부모 밑에 태어나 좋은 학교에 들어가고, 좋은 직장을 다니다가 좋은 배우자를 만나 좋은 가정을 이루고, 남들보다 더 많은 돈과 권력을 지니게 되는 게 오래오래 행복한 인생의 형식이라고 생각합니다.

그러나 인생에는 형식이 없습니다. 어떤 형식이 있다고 생각하는 것이야말로 인생에 대한 가장 큰 오해입니다. 인생은 자기가 생각한 대로 될 뿐입니다. 어떤 형식대로 이루어지는 게 아니라 내가 생각한 대로 이루어집니다. 인생은 엄숙한 선택의 광장이어서 기본적으로 내가 생각하는 방향대로 움직입니다. 인생에 어떤 형식이 있다면, 자기가 생각한 대로 살게 되다는 게 유일한 형식입니다.

인생에는 정답도 없습니다. 정답이 없다는 게 인생의 정답입니다. 물론 연습도 없습니다. 인생에는 연습 삼아 한번 해보는 것이란 있을 수 없습니다. 아무리 연습 삼아 한번 해본다 여기더라도 연습, 그것이 바로 인생입니다. 따라서 인생은 생방송입니다. 녹화방송이 아닙니다.

미래는 하나가 아니라 여러 개입니다

어느 산에 세 그루의 나무가 있었습니다. 그들은 각자 자신들의 미래를 꿈꾸었습니다. 한 나무는 아름다운 보석상자가 되어 세상의 온갖 값진 보석을 담고 싶어 했습니다. 또 한 나무는 사람을 많이 태울 수 있는 커다란 배가 되어 온 세상을 돌아다니고 싶어 했습니다. 또 한 나무는 하늘에 닿을 수 있을 정도로 높이 자라 신께 영광을 드리고 싶어 했습니다.

몇 해가 지났습니다. 첫 번째 나무는 자신이 꿈꾸던 것과는 달리 그저 평범한 여물통이 되어 마소들이 먹는 짚이나 마른 풀을 담게 되었습니다. 두 번째 나무도 큰 배가 되지 못하고 어부들이 타고 다니는 자그마한 고기잡이배로 만들어졌습니다. 세 번째 나무 또한 몸통이 잘린 통나무가 되어 산 아래 통나무 더미에 던져졌습니다. 세 나무는 자신들이 꿈꾸던 대로 미래가 이루어지지 않은 것에 대해 슬퍼해 마지않았습니다.

그리고 오랜 시간이 지났습니다. 어느 날 몸을 숨길 곳을 찾던 한 젊은 목수와 임신한 그의 아내가 여물통이 있는 마구간으로 들어왔습니다. 그들은 여물통을 정성껏 닦아 새로 태어난 아기의 요람으로 사용했습니다. 첫 번째 나무는 세상에서 가장 위대한 보물, 바로 메시아^{구세주}라는 보물을 담은 상자가 되었습니다.

그 후 30년이 지난 어느 날이었습니다. 한 사람이 갈릴리 호숫가에 사는 몇 명의 어부와 함께 자그마한 고기잡이배에 올라 사람들에게 진리의 말씀을 전하기 시작했습니다. 그 사람은 물 위를 걸어갔으며, 거친 바람과 파도를 잠재웠고, 병든 자를 고쳐주었습니다. 고기잡이배는 더 이상 고기를 잡지 않고 그와 함께 진리를 위해 일하는, 사람 낚는 이들을 태우게 되었습니다.

또 3년이 지났습니다. 통나무 더미에 누워 있던 세 번째 나무는 그 사람이 골고다 언덕에서 못 박히는 십자가로 사용되었습니다. 아무도 거들떠보지도 않는 통나무로 버려졌다가 진리를 통해 세상을 구원하는 구세주를 모시는 영광을 입게 되었습니다.

미래에 대한 확신이 없고 불안할 때마다 저는 이 이야기를 떠올립니다. 세 나무는 처음에 각자 꿈꾸던 미래의 꿈이 이루어지 않았습니다. 그러나 결국 참된 목적에 소중히 사용됨으로써 꿈을 이루었습니다.

여러분의 미래도 세 나무와 같습니다. 오늘의 내가 내일의 나를 불안해하지만 참고 견디는 가운데서 세 나무처럼 참된 미래를 맞이하게 됩니다.

겨울이 되면 방 한구석에 처박혀 천대받는 '겨울 선풍기'를 한번 생각해보세요. 겨울 선풍기는 지금 당장은 쓸모가 없지만 여름이 되면 없어서는 안 되는 귀한 존재로 거듭납니다. 여러분의 미래는 겨울 선풍기의 미래와 같습니다.

따라서 미래를 불안하게 생각하기보다 지금 현재를 열심히 사는 일이 더 중요합니다. 현재를 열심히 살지 않으면 미래를 열심히 살 수 없습니다. 현재를 준비하는 것이 곧 미래를 준비하는 일입니다.

《돈키호테》를 쓴 스페인 소설가 세르반테스는 "태양이 있을 때 건초를 만들어라"라고 했습니다. 지금 현재의 중요성을 강조한 말입니다. 지금의 나를 사랑하지 않으면 미래의 나도 사랑할 수 없습니다. 지금 현재에 충실함으로써 내가 나의 미래를 만듭니다. 부모도 형제도 친구도 나의 미래를 만들어주지 않습니다. 나 자신이 아니면 만들 수 없는 게 바로 나의 미래입니다. 스스로 만드는 미래만이 나의 것이 됩니다.

한국 독자들에게도 널리 사랑받는 일본의 세계적인 작가 무라카미 하루키는 20대 중반에 재즈카페 '피터 캣'의 주인이었습니다. 카페의 주인에 불과했던 그는 1978년 4월 1일 오후 1시 반 경 야구장에서 혼자 경기를 구경하고 있다가 갑자기 '나도 소설을 써야지' 하고 결심하고 소설가가 되었다고 합니다.

물론 어느 한순간 갑자기 소설가가 되겠다고 결심한다고 해서 소설가가 되는 것은 아닙니다. 하루키는 그때까지 글이라고는 '간단한 편지 정도를 쓴 게 전부였다'라고 합니다. 그렇지만 마음속에 이미 소설에 대한 오랜 준비 과정이 숙성돼 있었을 것입니다.

그의 아버지는 국어교사이자 다독가多讀家였습니다. 그는 아버지의 영향을 받아 세계문학 작품을 많이 읽었을 것입니다. 비록 소설가를 꿈꾸면서 읽은 게 아니더라도 그러한 독서 체험이 바탕이 되어 어느 한 순간 소설을 쓰고 싶다는 불꽃으로 타올랐을 것입니다.

그런데 중요한 것은 그런 결심을 했다 하더라도 그냥 지나칠 수 있는데 하루키는 그러지 않았다는 것입니다. 그는 결심하자마자 원고 한 뭉치와 만년필을 사서 중편소설《바람의 노래를 들어라》를 썼습니다. 만일 그가 그런 생각만 하고 소설을 쓰지 않았다면 작가로서의 첫발을 내디디기 어려웠을 것입니다.

하루키는 자기의 미래를 자기가 만들었습니다. 누가 대신 만들어준 게 아닙니다. 미래가 걱정되고 불안할수록 이렇게 스스로 미래를 만드는 태도가 중요합니다.

세계 최초의 인터넷서점 '아마존'을 창업한 제프리 베조스는 미국 금융기관에서 일하던 사람이었습니다. 그는 1999년에 우연히 인터넷 이용 인구가 해마다 23퍼센트씩 증가하고 있다는 한 통계를 보고 미래의 사업을 꿈꾸었습니다. 많은 사람에게 이 통계가 그저 단순한 숫자에 불과했지만 그에게는 미래를 여는 문이었습니다.

그는 곧바로 직장을 그만두고 동료 4명과 함께 차고에서 사업을 시작했습니다. 가게도 책꽂이도 없이 '네트워크 공간'에 존재하는 서점을 여는 게 목표였습니다. 당시만 해도 사람들은 뜬구름 잡는 이야기라며 비웃었습니다. 그러나 그는 미래를 볼 수 있는 눈이 있었기 때문에 포기하지 않았고, 오늘날 아마존을 세계적 기업으로 성장시켰습니다.

이렇게 미래는 자신이 만드는 것입니다. 미래는 스스로 만들려고 노력하는 자에게만 미래를 보는 눈을 줍니다. 미래를 불안하게 여기면 미래는 불안할 뿐입니다. 미래를 두렵게만 여기면 미래는 여전히 두려울 뿐입니다.

흰 구름이 비가 되기 위해서는 어떻게 해야 할까요. 자신의 몸을 먹구름으로 바꾸어야 합니다. 비가 되길 원하면서 흰 구름 그대로 있다면 비가 될 수 없습니다. 야구선수가 변호사가 될 수 있고, 변호사가 대통령이 될 수 있고, 시인이 국회의원이 될 수 있고, 고갱처럼 바다를 동경하여 선원이 되었다가 화가가 될 수도 있습니다. 될 수 있다고 생각하고 자신을 변화시키면 그렇게 될 수 있습니다.

유대인 교육학자들은 "신은 인간에게 삼천 가지의 재능을 지니고 태어나게 한다"라고 합니다. 아무런 재능 없이 태어나는 사람은 없다는 것입니다. 문제는 그 재능을 미래에 어떻게 꽃피우느냐 하는 것입니다. 만일 미래를 두려워하면 재능을 한 가지도 꽃피우지 못하게 될지 모릅니다.

이 인공지능의 시대에 여러분의 미래는 하나가 아니라 여러 개입니다. 어쩌면 수십 개일지도 모릅니다. 내 노력과 준비에 따라 미래는 얼마든지 여러 개 만들 수 있습니다. 그중에서 하나를 선택하면 됩니다. 미래를 불안하게 생각하지 마세요. 미래를 불안하게 생각하면 미래는 하나밖에 없습니다. 그러면 미래가 더 불안해집니다.

사람이라면 누구나 다 자신의 미래를 불안해합니다. 저는 그럴 때마다 '미래는 하나가 아니고 여러 개'라고 생각해왔습니다. 원했던 길로 갈 수도 있고 가지 못할 수도 있고, 원하지 않았던 길로 갈 수도 있고 가지 않을 수도 있습니다. 여러 개의 과거가 한데 모여 나의 과거가 되듯, 미래 또한 여러 개의 미래가 모여 나의 미래가 된다고 생각하면 마음이 좀 편안해집니다.

불안은 미래의 길을 하나라고 생각하는 데에서 찾아오기 마련입니다. 저는 불안이 찾아올 때마다 현재의 삶에 보다 더 충실하려고 노력합니다. 현재야말로 미래로 가는 과정이자 징검다리입니다. 나의 현재의 모습에 따라 나의 미래의 모습이 달라집니다. 나의 미래는 나의 현재 속에 숨어 있습니다.

속도보다 방향이 중요합니다

저는 기차 타는 것을 좋아합니다. 그래서인지 이런저런 일로 기차를 자주 타게 됩니다. 예전에는 주로 서울역에서 기차를 탔지만 요즘은 집과 가까운 수서역에서 탑니다.

수서역에서 기차를 타면 환승해야 하는 경우가 많은데 환승할 때는 조심해야 합니다. 갈아탈 기차가 들어오는 승강장을 환승 시간 내에 제대로 찾아가야 합니다. 만일 내가 가야 할 목적지로 가는 기차가 아닌 다른 방향의 기차를 탔다면 어떻게 될까요.

한번은 다른 승강장에 서 있다가 환승할 기차를 놓친 적이 있습니다. 동대구역에서 마산으로 가는 기차를 갈아타야 하는데 엉뚱한 승강장에서 기다리다가 그만 못 타고 말았습니다. 그래서 약속 시간에 늦지 않기 위해 그 먼 거리를 택시를 타고 갔습니다.

이는 목적지라는 방향을 제대로 찾지 못한 탓입니다. 중요한 것은 속도보다 방향이었습니다.

인생 또한 마찬가지입니다. 인생도 속도보다 방향이 중요합니다. 10대 때 미래의 방향을 정하지 못하고 스물이 넘고 서른이 넘어서도 공연히 속도만 낸다면 그 속도가 무슨 의미가 있을까요.

잘못 들어선 산길에서 아무리 빠른 속도로 걸어도 목적한 곳에 다다를 수는 없습니다. 내비게이션을 따라 운전하다가 아차 하는 순간에 방향을 놓치고 그 사실을 모른다면 아무리 달려도 목적지는 나타나지 않습니다. 비행기도 방향 없이 속도를 내지 않고, 배도 방향 없이 달려가지 않습니다.

만일 그 배가 돛단배라면 바람의 방향에 의해 움직이는 게 아니라 돛의 방향에 의해 움직일 것입니다. 돛단배의 방향은 바람의 방향에 달려 있는 게 아니라 돛의 방향에 달려 있습니다. 내 인생의 방향 또한 타의에 의해 정해지는 게 아니라 나 자신의 의지와 결단에 의해 정해집니다.

내 인생의 방향은 무엇보다도 선하고 성실한 방향이어야 합니다. 선한 방향이 아니면 인생은 한 걸음도 더 나아갈 수가 없습니다. 물론 그 방향은 남이 아니라 내가 직접 설정해야 합니다. 원하는 인생의 방향을 제대로 설정하지 못하고 속도를 내면 그 속도는 무가치해질 수밖에 없습니다.

문득 '서둘러 걸으면 라싸에 도착할 수 없다'라는 티베트

속담이 생각납니다. 이는 천천히 자기만의 속도로 걸어야 목적지에 도착할 수 있다는 뜻입니다. 너무 늦었다 생각하고 서두르기만 하면 아무리 가고 싶어도 도중에 병이 나거나 주저앉게 돼 결국 라싸에 갈 수 없게 되고 맙니다.

라싸는 히말라야에 있는 티베트의 수도이자 성지聖地입니다. 티베트어로 '신의 거주지' 또는 '신의 땅'이라는 뜻이라고 합니다. 티베트인들은 평생에 꼭 한번은 가봐야 할 인생의 성지로 여깁니다.

언젠가 라싸로 가는 순례자의 모습을 다큐멘터리로 본 적이 있습니다. 한 명은 삼보일배三步一拜, 수행이나 기도 등을 목적으로 세 걸음 걷고 한 번 절하면서 가는 일 하면서 걸어갔고, 또 한 명은 몇 달간 먹을 간단한 곡물을 실은 손수레를 끌며 가고 있었습니다.

작은 널빤지를 마치 장갑인 양 두 손바닥에 대고 무릎엔 타이어 조각을 헝겊으로 친친 맨 채 삼보일배 하면서 한 걸음 한 걸음 앞으로 나아가는 남루한 순례자의 모습은 사뭇 경건하고 감동적이었습니다.

그는 조금도 서두르지 않았습니다. 한결같은 속도로 오체투지五體投地, 신체 다섯 부위를 땅에 닿게 하는 절 하고 일어나 세 걸음 걷고 또 일어나 오체투지를 했습니다. 비록 옷은 헤지고 햇볕에 까맣게 탄 얼굴 피부가 군데군데 벗어졌지만 입가엔 고요히 미소가 어렸습니다.

'삼보일배 하지 않고 그냥 걸어가면 될 텐데, 왜 꼭 저런 고행의 방식을 택해야 하나.'

저는 그런 생각이 들었지만 고행은 성지 라싸에 대한 종교적 경외심 때문일 것입니다. 가고자 하는 방향이 정확하고 그 과정 또한 중요하게 여기기 때문일 것입니다. 그래서 그들에게 라싸로 가는 길은 인내와 기쁨의 길입니다. 과정을 무시하고 너무 늦었다며 속도를 낸다면 그들은 어쩌면 라싸에 도착하지 못할 수도 있습니다. 라싸의 조캉사원 부처님 앞에 엎드려 감사와 평화의 눈물을 흘리지 못할 수도 있습니다.

우리는 방향을 제대로 잡아야 내가 가야 할 길을 제대로 갈 수 있습니다. 방향이 틀리면 속도는 무의미해집니다. 또 방향을 잡았다 하더라도 한 걸음 한 걸음 걸어가야 할 그 과정을 무시하고 속도만 내고 있는 건 아닌지 나 자신을 살펴봐야 합니다.

얼마 전 제 친구가 전화를 해 〈슬픔이 기쁨에게〉가 제가 쓴

시냐고 물었습니다. 그래서 그렇다고 했더니 《슬픔이 기쁨에게》 시집 한 권을 손자 이름으로 사인해서 부쳐달라고 했습니다. 손자가 초등학교 4학년인데 학원에서 그 시를 배운다고 했습니다. 놀라지 않을 수 없었습니다.

"그 시는 고등학교 국어 교과서에 있는 시야. 지금 초등학생이 배울 필요가 없어. 초등학생은 그 시를 이해하기 힘들어. 나중에 고등학생이 되면 배워야 해."

저는 그렇게 말하면서도 초등학생이 왜 그 시를 미리 공부해야 하는지 이해할 수 없었습니다.

이렇게 선행학습이 지나친 요즘 세태에 혹시 내가 방향도 없이 마냥 고속질주 하고 있지는 않은지 한번 살펴보면 좋겠습니다. 속도보다 방향이 더 중요하기 때문입니다.

깊은 데에 그물을 던지세요

이 말은 예수가 베드로를 처음 만났을 때 한 말입니다. 베드로는 갈릴리 호수에서 고기를 아주 잘 잡는 노련한 어부였습니다. 그런데 하루는 아무리 그물을 이리저리 던져도 고기가 잡히지 않았습니다. 밤새도록 한 마리도 잡지 못했습니다.

그러자 호숫가에 있던 예수가 베드로에게 "깊은 데로 가서 그물을 던져보라"라고 했습니다. 베드로는 그 말을 따라 호수 깊은 데로 가서 다시 그물을 던져보았습니다. 그러자 '그물이 찢어지고 배가 가라앉을 정도로' 물고기가 많이 잡혔습니다.

가족의 생계를 책임진 베드로로서는 참으로 기쁘고 감사한 일이 아닐 수 없었을 겁니다. 비록 처음 만났지만 예수의 말을 무시하지 않고 따르기 참 잘했다는 생각도 들었을 것입니다.

예수가 베드로에게 한 이 말을 저는 지금까지 늘 저에게 한 말이라고 생각하며 살아왔습니다. 예수가 말한 '깊은 데'는 나의 이익, 즉 나의 소유가 많아지는 곳을 의미한다고 여겨왔습니다. 그래서 항상 저 자신에게 이렇게 말했습니다.

"깊은 데에 그물을 던져라. 그래야 큰 고기를 잡는다. 얕은 데에 그물을 던지면 작은 고기를 잡거나 아예 잡지 못할 수도 있다.”

물론 여기에서 ‘그물을 던진다’라는 것은 제가 무엇을 얻기 위해 노력하고 실천한다는 것을 의미합니다.

저는 인생을 시작하는 젊은이들에게도 늘 그런 말을 잊지 않고 전해왔습니다.

“젊을 때는 인생의 꿈과 목표를 크게 잡아라. 처음부터 깊은 데에 그물을 던져야 한다. 고래가 바닷가에 살지 않듯이 큰 물고기는 얕은 데에 살지 않는다.”

저는 이렇게 인생의 목표는 ‘큰 것’이어야 하고 그것을 잡기 위해서는 처음부터 ‘깊은 데’에 그물을 던져야 한다고 주장해왔습니다.

그런데 이는 보다 많이 생산하고 소유하는, 인생의 외형적 이익과 물질적 성공에 중점을 둔 것이라고 할 수 있습니다.

예수가 말한 ‘깊은 데’란 인생의 외형적 목표와 규모에 대한 것만은 아닐 것입니다. 인생의 내면적 깊이, 사랑과 정의가 있는 영혼의 깊이도 의미할 것입니다.

청소년 시절에는 당연히 외형적 넓이와 깊이의 성장에 먼저 관심을 두어야 합니다. 그래서 깊은 데에 그물을 던져야 합니다. 물론 그 '깊은 데'는 결국 외형을 통해 내면을 성장시켜야 하는 데에까지 이르러야 합니다.

인생은 상대적 넓이도 중요하지만 절대적 깊이도 중요합니다. 인생은 바다이면서도 우물과 같습니다. 우물이 넓기만 하다면 바다지 우물이 아닙니다. 우물은 넓이도 중요하지만 결국 깊어야 우물로서의 존재가치가 형성됩니다. 특히 여러분은 넓은 바다가 되기만을 바랄 게 아니라 깊은 영혼의 우물이 되기도 바라야 합니다.

가장 소중한 것은 가장 깊은 데에 있습니다. 여러분의 인생이 깊어지려면 꿈과 목표가 있어야 하고, 그 꿈과 목표의 그물을 깊은 데에 던져야 합니다.

"사는 게 뭐 별거라고, 그냥 되는 대로 살지 뭐."

누가 이런 말을 하면, 특히 젊은이들이 이런 말을 하면 안타깝습니다. "그래, 인생을 많이 살아봤어? 아직 20년, 30년도 살아보지 않고 그런 말을 해?" 하고 속으로 소리칩니다.

인생은 별게 아닌 것이 아니라 별거입니다. 이 세상 어느 가치보다 소중한 가치를 지녔습니다.

불교의 윤회사상에 의하면 인간은 누구나 개, 돼지, 소 등 동물로 태어날 수 있습니다. 그러나 우리는 지금 인간으로 태어나 살고 있습니다. 이는 참으로 소중한 현재적 가치입니다. 이런 가치를 지니고 있으면서도 얕은 물에 인생의 그물을 던지거나 아예 던지지도 않는다면 그 인생이 어떻게 되겠습니까.

얕은 곳에 그물을 던지면 큰 물고기를 잡지 못합니다. 좀 위험하고 시간이 걸리더라도 깊은 데에 그물을 던져야 큰 물고기를 잡을 수 있습니다. 갯바위에 앉아 바다낚시를 해서 고래를 잡을 수는 없습니다. 아무리 위험해도 포경선을 타고 망망대해로 나가야 고래를 잡을 수 있습니다.

반기문 전 유엔 사무총장도 외교관이라는 깊은 곳에 그물을 던졌기 때문에 연간 51억 달러의 예산을 집행하는 '세계의 대통령'이 될 수 있었습니다. 열아홉 살 때 미국의 백악관에서 만난 케네디 대통령이 반 전 총장에게 "장래 희망이 무엇이냐" 하고 물었을 때 그는 망설임 없이 외교관이라고 대답했습니다. 그것은 그가 어릴 때부터 깊은 곳에 그물을 던졌다는 것을 의미합니다.

인생은 각자 다 다르고 다른 만큼 소중합니다. 나의 것이라고 함부로 대할 수 있는 것은 아닙니다. 인생은 어떤 의미에서 나의 인생이지만 나의 것이 아닙니다. 스스로 소중히 여겨야 할 객체이며, 그 객체는 진정한 예의와 책임을 요구받습니다. 그러기 위해서는 꿈을 크게 가져야 하고, 깊은 곳에 그물을 던질 수 있어야 합니다.

예수는 베드로를 제자로 삼음으로써 그를 물고기를 낚는 물질의 어부에서 사람을 낚는 영혼의 어부로 전환시켰습니다. 물고기가 많이 잡히기만 바라던 평범한 어부로 하여금 깊은 데에 그물을 던지게 함으로써 인간을 낚을 수 있는 진리의 어부가 되게 했습니다. 이것은 베드로의 삶의 내면이 더 깊어짐으로써 그 인생의 깊이 또한 더 깊어졌음을 의미합니다.

남과 나를 비교하는 일만큼 어리석은 일은 없습니다

우리는 언제 가장 불행해지고 언제 가장 초라해질까요? 그
것은 남과 나를 부정적으로 비교할 때입니다. 친구들은 시험
을 다 잘 보는데 나는 늘 시험을 못 본다고 생각되시나요? 친
구들은 뭐든지 하는 일마다 잘되고 나는 하는 일마다 잘 안된
다고 생각되시나요? 그렇지 않습니다. 친구들도 시험을 못 볼
때가 있고, 하는 일이 잘 안될 때가 있습니다. 그런데도 우리
는 친구의 잘되는 부분을 나의 잘 안되는 부분과 비교해서 스
스로 불행해지고 맙니다.

제가 중학교 2학년이던 해 어느 봄날이었습니다. 어머니가
사준 청바지를 처음 꺼내 입고 집을 나섰습니다. 많은 사람들
이 길을 걷고 있었고 햇살은 눈부셨습니다. 세상이 너무 밝고
환한 탓인지 갑자기 저 자신이 초라하고 부끄럽게 느껴졌습
니다. 다른 사람들은 다들 잘나 보이고 행복해 보이는데 저만
한없이 작고 못생긴 벌레처럼 느껴졌습니다.

고개를 들지 못하고 호주머니에 손을 푹 찌른 채 걸었습니
다. 누가 나를 보지 않는 데로 가서 영원히 숨어버릴까 하는
충동이 일었습니다. 그때 마침 사촌누나가 지나가다가 "호승

아, 니 어디 가노?” 하고 물었습니다. 초라한 감정에 휩싸여 대답조차 하지 못하고 그냥 지나쳐버렸습니다. 남과 나를 비교했기 때문이었습니다.

아직도 제게는 이런 부분이 남아 있습니다. 다른 시인이 좋은 시 쓴 걸 보면 부럽고, 다른 작가가 베스트셀러를 낸 걸 보면 부럽습니다. 이웃집에서 가족끼리 해외여행 떠나는 모습을 보면 또 부럽습니다.

아침 출근길에 재활용 쓰레기봉투를 들고 나오다가 다른 사람이 운전기사가 대기하고 있던 차를 타고 출근하는 모습을 보면 부럽다 못해 저 자신이 초라하게 느껴지기도 합니다. 그래서 어떤 때는 저도 모르게 우울해질 때가 있습니다.

이는 남과 나를 끊임없이 비교하기 때문에 나타나는 초라한 현상입니다. 저의 부족함과 초라함은 남과 나를 비교하는 데서부터 시작됩니다.

그런데 남의 어느 부분을 보고 나와 비교하게 될까요? 대부분 겉만 보고 비교하게 됩니다.

‘아, 저 친구는 키도 크고 무척 잘생겼구나. 나는 키도 작고 생긴 것도 이게 뭐야.’

이렇게 남의 겉만 보고 그게 남의 전체인 양 여깁니다. 남의 겉모습만 보고 자신의 전체와 비교하는 일은 어리석습니다.

그런데 대부분 '아, 저 친구는 그 책을 읽었구나. 나도 꼭 읽어야겠구나' 이런 비교는 잘 하지 않습니다. '아, 저 친구가 유명 브랜드 신발을 신었으니까 나도 사 신어야겠구나. 저 친구가 미국으로 어학연수를 다녀왔으니까 나도 다녀와야겠구나' 하는 비교를 합니다.

이는 겉과 결과와 물질을 보고 비교한 결과입니다. 내면과 과정과 영혼의 비교가 크게 부족한 탓입니다.

남과 나를 비교한다고 해서 다 나쁜 것은 아닙니다. 때로는 남과 나를 비교함으로써 용기를 얻고 보다 발전적인 계기나 동기를 부여받을 수 있습니다. 저는 지금도 '윤동주나 한용운 시인처럼 좋은 시를 쓸 수 없을까' 하고 그분들과 비교합니다. 그러면 더 좋은 시를 쓰기 위해 노력하게 됩니다.

'저 친구는 참 부지런하고 뭐든 열심히 하는구나. 나도 저 친구처럼 열심히 해야지.'

이런 비교는 나 자신을 보다 향상시킬 수 있습니다.

그러나 대부분의 사람들은 이런 긍정적인 비교보다 부정적인 비교를 많이 합니다. 그럼으로써 동기를 상실하거나 좌절감에 빠지는 경우가 많습니다. 어떤 때는 비교 끝에 '아, 나는 아무리 노력해도 안 되는구나. 이제 포기하자' 하고 스스로 낙담하고 불행해지고 맙니다.

세상에 일정하게 정해진 삶의 표준이나 기준은 없습니다. 행복과 불행의 고정된 유형도 없습니다. 없는데도 있는 것처럼 우리가 착각할 뿐입니다.

혹시 내게 불행한 일이 있어도 그 불행은 남과 비교할 수 없는 나만의 삶의 한 형태입니다. 그것을 받아들이고 인정할 줄 알아야 내 삶을 살아갈 수 있습니다.

'왜 나만 불행하고 우리 집은 이렇게 가난한가. 왜 나만 부모 복이 없고 친구 복도 없나.'

이렇게 생각하면 정말 부모 복도 형제 복도 친구 복도 없게 되고 맙니다. 끊임없이 남과 비교하는 어리석음 때문에 비극이 그치지 않을 수도 있습니다.

'행복의 기준을 남에게 두지 말라!'

중국 명나라의 책 《채근담》에 있는 말씀입니다. 어떤 행복이 있다면 그건 그 사람의 조건에 의한 행복이지 내 행복의 조건이나 기준이 될 수 없습니다. 인생을 언제까지나 다른 사람을 흉내 내면서 살 수는 없는 일입니다. 삶이란 누구를 따라 하는 게 아닙니다. 다들 자기만의 삶대로 사는 것입니다. 우리 속담에 '남이 장에 간다고 하니 거름 지고 나선다'라는 말이 있는데 정말 그럴 수는 없는 일입니다.

남의 기준에 맞추어 남의 삶을 베끼려 하지 말고 내 삶을 스스로 만들어나가는 것이 중요합니다. 남들이 다 기차를 탄다는 이유로 목적지도 모르는 기차에 올라탈 수는 없습니다.

제비꽃은 제비꽃답게 피면 됩니다

5월의 꽃밭에 보라색 제비꽃이 피었습니다. 제비꽃은 자신이 비록 키는 작지만 봄날에 피는 가장 아름다운 꽃이라고 은근히 뽐내는 마음을 지니고 있었습니다. 그런데 어느 날 건너편 꽃밭에 핀 붉은 장미꽃을 보게 되었습니다.

장미꽃은 너무나 아름다웠습니다. 향기 또한 더없이 좋았습니다. 제비꽃은 장미꽃이 자신보다 더 아름답고 향기롭다고 여겨졌습니다. 장미꽃이 부러웠습니다. 자기도 장미꽃이 되고 싶었습니다.

그래서 밤새도록 잠도 자지 않고 "하느님! 저로 하여금 장미꽃이 되게 해주세요!" 하고 간절히 기도했습니다. 그러나 제비꽃은 아침이 밝아올 때까지 장미꽃이 되지 않았습니다. 다음 날도 그다음 날도 울면서 기도해도 제비꽃은 장미꽃이 되지 않았습니다.

제비꽃은 제비꽃대로 아름답고, 장미꽃은 장미꽃대로 아름답습니다. 나는 나대로 아름답고 다른 사람은 다른 사람대로 아름답습니다. 나의 아름다움을 보지 못하고 남의 아름다움만 보고 부러워하는 것은 참으로 어리석습니다.

꽃들은 남을 부러워하지 않습니다. 제비꽃은 결코 장미꽃을 부러워하지 않고, 장미꽃은 결코 백합을 부러워하지 않습니다. 있는 그대로 자신을 한껏 꽃피우다가 떠날 시간이 되면 아무 말 없이 떠나갑니다. 만일 제비꽃이 장미꽃을 부러워하고 장미꽃이 백합을 부러워한다면 꽃들의 세계에서도 인간들과 똑같은 불행한 일들이 일어날 것입니다.

다행히 그런 일은 일어나지 않습니다. 꽃들은 어떻게 살 것인가 방황하지 않습니다. 네가 예쁘다 내가 예쁘다 하면서 다투거나 시기하지 않고, 오직 주어진 그대로 감사하며 열심히 살다가 사라질 뿐입니다.

어떤 꽃을 보고 '예쁘다, 예쁘지 않다' 하고 평가하는 것은 꽃들이 아니라 바로 인간들입니다. 인간의 잣대로 자기중심적인 평가를 할 뿐입니다. 벌레를 보고 사람에게 해를 끼친다고 '해충'이라고 하고, 도움을 준다고 '익충'이라고 하는 것과 마찬가지입니다.

꽃들은 그토록 이기적인 평가를 내리는 인간들 앞에서도 그저 스스로 아름다울 뿐입니다. 스스로 아름다움으로써 인간을 아름답게 하고 세상을 아름답게 합니다.

만일 제비꽃이 제비꽃답게 피지 않으면 어떻게 될까요. 아마 이 땅에 진정한 봄이 찾아오지 않을 것입니다. 제비꽃이 제비꽃답게 피어남으로써 세상에 진정한 봄이 찾아옵니다. 만일 제비꽃이 나팔꽃이나 목련처럼 피어난다면 그것은 봄의 비극입니다.

그리고 꽃밭에 오로지 제비꽃만 피어난다면 어떻게 될까요. 정녕 꽃밭이 아름다울까요? 진정 꽃밭이 아름답기 위해서는 여러 꽃들이 함께 피어나야 됩니다. 채송화와 개나리와 찔레꽃과 장미꽃이 함께 피어나야 됩니다.

한 가지 꽃만 피어 있는 꽃밭은 아름답지 않습니다. 나팔꽃만 해도 색깔에 따라 보라색 나팔꽃, 흰색 나팔꽃, 연분홍 나팔꽃 등으로 나누어집니다. 그것은 바로 획일에서 벗어나기 위함입니다.

획일은 추함입니다. 아름다움을 벗어날 때 획일이 생깁니다. 아름다움을 위해서는 획일보다 조화가 더 중요합니다. 언젠가 초등학교 저학년 학생들이 노란색 교복을 입고 떼 지어 가는 모습을 보고 부화장에서 갓 태어난 병아리 같다는 느낌을 받은 적이 있습니다. 병아리 떼 같은 모습이 귀엽기도 했지만 획일로 인해 아이들의 개성이 상실된 것 같아 무척 안타까웠습니다.

꽃밭이 아름답기 위해서도 조화가 가장 중요합니다. 제비꽃이 혼자 아름답다고 해서 꽃밭 전체가 다 아름다운 것은 아닙니다. 다른 꽃들의 아름다움과 함께함으로써 비로소 제비꽃이 아름다워집니다.

제비꽃이 장미꽃을 부러워하거나 닮고 싶어 하지 않는 것은 바로 그 때문입니다. 제비꽃은 제비꽃으로 피어나 다른 꽃들과 함께 아름다워지기를 바랄 뿐입니다.

인간도 마찬가지입니다. 나는 나만의 특별한 아름다움을 지니고 있습니다. 그렇지만 다른 사람들의 아름다움과 함께 어울려야만 진정 나의 아름다움이 빛날 수 있습니다.

제비꽃이 제비꽃이면 되듯이 나 또한 이대로 나 자신이면 됩니다. 아무리 남의 장점이 돋보여도 남의 장점을 통해 나의 단점을 찾으려 한다면 어리석은 행동입니다.

남의 장점을 통해 내 부모 형제나 친구의 단점을 찾아내려 한다면 그것은 더욱더 어리석습니다. 장점이라고 생각한 점이 어떤 때는 단점이 될 수 있습니다. 남의 장점을 나의 장점으로 가져오기에는 나의 환경이나 능력이 그에 알맞지 않을 수도 있습니다.

제비꽃은 제비꽃답게 피면 되고, 장미꽃은 장미꽃답게 피면 됩니다. 세상에 아름답지 않은 꽃은 없듯이 세상에 쓸모없는 사람은 없습니다. 어느 누구든 그 존재의 무게와 가치는 똑같습니다. 다만 내가 내 존재를 소중하게 여기지 않을 뿐입니다.

저는 누구보다도 먼저 저 자신을 사랑합니다. 나 자신을 사랑해야 진정 다른 사람을 사랑할 수 있습니다. 지금 있는 그대로의 저는 신이 주신 가장 위대한 선물입니다. 언제나 그 선물을 감사하게 받아들이고 소중하게 여깁니다. 신이 저에게 주신 재능은 더욱더 노력해서 살리지만, 주시지 않은 것에 대해서는 탐내거나 부러워하지 않습니다.

지금 이 순간을 열심히 사세요

제 어머니가 여든아홉이실 때의 일입니다. 어디 특별히 편찮으신 데가 있는 것도 아니면서 갑자기 입맛이 없다고 밥을 잘 드시지 않았습니다. 노인이 통 먹질 않으니 일주일 만에 살이 쏙 빠지고 기력이 없어져 누워만 계셨습니다.

저러다가 돌아가시기라도 하면 어쩌나 싶어 병원에 모시고 갔습니다. 그러자 의사가 병원에 너무 늦게 왔다고 저를 크게 나무랐습니다. 혈액검사 결과, 염도鹽度 수치가 제로에 가까워 조금만 더 늦게 왔으면 큰일 날 뻔했다는 겁니다. 사람의 몸에 소금기가 없으면 뇌가 붓고 사망에 이르게 된다고 하면서 의사가 어머니에게 가장 먼저 내린 처방은 당장 소금을 먹는 것이었습니다. 어머니는 며칠간 약 먹듯이 소금을 입에 털어 넣었습니다. 사람이 생존하는 데 소금이 필수적이라는 사실을 절감했습니다.

그런데 '소금'보다 더 귀한 게 있다고 합니다. 바로 '황금'입니다. 황금을 주면 소금을 살 수 있기 때문입니다. 그리고 그 황금보다 더 귀한 게 있는데 바로 '지금'이라고 합니다. 지금 현재의 중요성을 강조하기 위한 난센스 퀴즈 '세 가지의 금'

이야기입니다.

저는 기차를 탈 때마다 '이 기차가 인생이라는 기차가 아니라서 참 다행이다' 하는 생각이 듭니다. 부산이든 여수든 어디에 갔다가도 다시 출발역인 서울역이나 수서역으로 되돌아올 수 있기 때문입니다. 그러나 인생이라는 기차는 어디로든 한 번 떠나면 두 번 다시 출발역으로 돌아올 수 없습니다.

여러분이나 저나 인생이라는 기차를 타고 지금 어디론가 가고 있습니다. 기차의 속도는 서로 다를 수 있지만 이미 떠나온 출발역으로 되돌아갈 수는 없습니다. 기차를 타고 있는 지금 이 순간을 기뻐하고, 옆자리에 앉아 나와 함께 가는 친구를 소중히 여기고, 차창 밖으로 스쳐 지나가는 풍경 하나하나에도 눈길을 두는 일만 남아 있을 뿐입니다.

길상사 법정스님은 "지금 이 순간을 열심히 살아라. 지금이 바로 그때다"라는 말씀을 늘 하셨습니다.

"진정한 행복은 지금 당장 이 순간에 존재하는 겁니다. 좋은 날이 어디 따로 있어서 우리를 기다리는 것이 아닙니다. 우리 스스로가 순간순간, 하루하루를 살아가면서 좋은 날을 만들어가야 합니다."

법정스님의 이 말씀은 오지 않은 내일을 생각하다가 오늘 현재를 잃지 말라는 말씀입니다. 지금 내가 해야 할 일이 공부라면 공부를 열심히 하라는 것입니다. 저는 시인이니까 시를 쓰는 일에만 최선을 다하라는 것입니다. 지금 이 순간을 열심히 살지 않으면 오늘을 잃게 되고, 오늘을 잃으면 결국 내일도 잃게 된다는 것입니다.

구두쇠로 소문난 농부의 집에 한 가난한 사람이 일을 하러 갔습니다.

그는 해가 질 때까지 하루 종일 열심히 일한 후 농부가 품삯을 주기를 기다렸습니다. 그러나 아무리 시간이 지나도 주지 않아 기다리다 못해 농부에게 품삯을 요구했습니다.

"오늘 일한 품삯을 주세요."

농부는 고개를 저으며 내일 주겠다고 했습니다.

"오늘은 너무 늦었으니 내일 주겠네."

그는 할 수 없이 집으로 돌아와 내일이 오기를 기다렸습니다.

다음 날 아침이 되자 그는 농부를 찾아가 다시 품삯을 요구했습니다. 그러자 구두쇠 농부는 이렇게 말했습니다.

"내가 내일 준다고 했을 때 자네도 고개를 끄덕이지 않았는가? 지금은 내일이 아니라 오늘일세. 내일 다시 오게나."

이 우화도 '내일은 결코 오지 않는다'라는 의미가 강조돼 있습니다. 내일은 존재하지 않는데 내일이 있다고 생각하는 데에 인간의 어리석음이 있다는 것입니다.

그렇다면 정말 내일이란 없을까요. 오늘이 힘들 때마다 '그래도 내일은 좀 괜찮아지겠지' 하고 내일에 대한 희망을 잃지 않고 살아온 저는 어리석은 존재일까요. 도대체 법정스님께서 "내일은 없다, 미래에 매달리지 말라"라고 하신 까닭은 무엇일까요.

그것은 오늘과 내일이 구분되지 않는다는 의미라고 생각됩니다. 오늘 속에 이미 내일이 들어 있다는 것입니다. 오늘과 내일이라는 말은 동의어로서 서로 한 몸을 이루는데 자꾸 구분해서 생각한다는 것입니다.

그러니까 내일은 이미 오늘 속에 존재해 있다는 것이며, 오늘이 바로 내일이라는 것입니다. 마치 암수가 한 몸을 이루는 달팽이처럼 우리의 삶에도 오늘과 내일이라는 암수가 함께 존재한다는 것입니다.

결국 오늘에 최선을 다하라는 말씀입니다. 오늘의 삶에 최선을 다하면 내일의 삶에 최선을 다하는 것과 마찬가지가 됩니다. 오늘을 열심히 살지 않으면 내일을 열심히 살지 않는 것과 같게 됩니다.

저는 오늘 이 순간을 소중히 여기지 않으면서 내일을 소중하게 생각하는 그런 어리석은 사람이 되고 싶지 않습니다. 오늘을 열심히 살지 않으면서 내일을 꿈꿀 수는 없습니다.

나 자신을 위해 무엇을 마음먹고 있는지,
무엇을 결심하고 있는지 곰곰 생각해보세요.

2부

바다를 건너는 달팽이처럼

노력이 재능입니다

시는 재능으로 쓸까요, 노력으로 쓸까요? 제가 중학교 2학년 1학기 때 처음으로 국어 숙제로 시를 써 갔습니다. 그런데 김진태 국어 선생님께서는 앞자리에 앉아 있던 저를 가리키며 "호승이, 숙제해 왔나? 해 왔으면 일어나서 읽어봐" 하고 말씀하셨습니다.

얼른 자리에서 일어나 숙제로 써 간 시 〈자갈밭에서〉를 읽었습니다. 그랬더니 선생님께서 두툼한 손으로 제 까까머리를 쓰다듬어주시면서 "호승이 너는 열심히 노력하면 좋은 시인이 될 수 있겠다" 하고 칭찬해주셨습니다.

저는 지금도 제 머리를 쓰다듬어주시던 선생님 손의 느낌이 남아 있습니다. 선생님께서 하신 칭찬의 말씀 또한 아직 잊지 않고 있습니다.

선생님께서는 제가 열심히 노력하면 좋은 시인이 될 수 있겠다고 하시면서 노력이라는 조건을 먼저 제시하셨습니다. 이는 노력하지 않으면 좋은 시인이 될 수 없다는 말씀입니다. 결국 시를 쓰는 일도 노력하는 일이라는 것입니다.

그래서 저는 지금도 다른 일은 좀 게을리해도 시 쓰는 일만

큼은 게으름을 피우지 않고 최선을 다합니다. 선생님 말씀대로 시도 노력에 의해 써지기 때문입니다.

시를 쓰기 위해 신문도 많이 보고 책도 많이 읽고 메모도 많이 하고 저 혼자 생각도 많이 합니다. 어떻게 하면 시가 무엇인지 이해하고 잘 쓸 수 있을까 밤낮으로 고민합니다. 그냥 가만히 앉아 있는데 시가 써지는 것은 아닙니다.

어떤 이는 "소설은 노력하면 되는데, 시는 노력해도 안 된다. 타고난 재능이 있어야 한다"라고 하기도 합니다. 그렇지 않습니다. 시도 노력하지 않으면 쓸 수가 없습니다. 시는 재능으로 쓰는 게 아닙니다. 노력 없는 재능은 있을 수 없습니다.

어떤 사람이 어떤 일에 재능이 있다면 그만큼 노력했기 때문입니다. 노력이 있어야 재능이 제 역할을 하게 됩니다. 저에게 시를 쓸 수 있는 재능이 1퍼센트 있다면, 나머지 99퍼센트는 오로지 노력에 의한 것입니다.

대부분의 사람들이 재능이라고 하면 어떤 특별한 능력을 떠올립니다. 일곱 살짜리 아이가 어려운 수학 문제를 푼다든지, 열 살짜리 초등학생이 대학생이 되었다든지 하는 천재성이 곧 재능이라고 생각합니다.

그러나 저는 재능을 지극히 평범한 것이라고 생각합니다. 내가 좋아하고 하고 싶은 것이 있어 그것을 열심히 잘하고 있다면 그게 바로 재능입니다.

그림 그리는 일을 좋아할 수 있고, 악기를 다루는 일, 노래를 부르는 일, 만화를 그리는 일, 외국어를 배우는 일, 작곡을 하는 일, 공을 차는 일, 어려운 수학 문제를 푸는 일 등을 좋아할 수 있습니다. 그게 다 재능입니다. 다른 것에 비해 더 잘하고 더 하고 싶다면 그게 바로 재능입니다.

하지만 어떤 재능을 지니고 있다 해서 그 재능이 바로 꽃피는 건 아닙니다. 재능에는 반드시 노력이 뒤따라야 합니다. 거듭 이야기하지만 노력 없는 재능은 존재하지 않습니다. 땅 속에 있는 금도 캐내지 않으면 없는 것이나 마찬가지입니다. 노력이란 그 금이라는 재능을 캐내는 것입니다.

신이 내린 목소리를 지녔다는 이탈리아의 성악가 루치아노 파바로티를 한번 생각해봅니다. 아무리 신이 내린 목소리라 하더라도 노력하지 않았다면 그런 찬사를 들을 수 있었을까요? 아마 그런 격찬은 받을 수 없었을 것입니다. 밤낮을 가리지 않고 열심히 노력했기 때문에, 남몰래 고통의 눈물을 많이 흘렸기 때문에 그런 최고의 찬사를 받게 되었을 것입니다.

저와 형제처럼 지내는 분 중에 화가 박항률이라는 분이 있습니다. 이분은 어릴 때부터 그림을 그리고 싶어 뭐든지 열심히 그렸다고 합니다. 그런데 아버지가 화가가 되는 것을 몹시 싫어해서 그림을 못 그리게 그림 도구를 없애고 멀리 시골 친척집에 보내버리기도 했답니다. 그런데도 아버지 몰래 그림 그리기를 게을리하지 않아 지금은 많은 사람들에게 감동을 주는 화가가 되었습니다. 아버지가 반대했지만 스스로 열심히 노력한 결과입니다. 재능을 발견하는 건 그리 중요한 일이 아닙니다. 자기만의 노력이 중요한 것입니다.

그래서 저는 늘 노력이 재능이라고 말합니다. 재능도 값지지만 정말로 값진 것은 노력입니다. 노력이 재능이고 소질입니다. 노력만이 타고난 천재를 대신할 수 있습니다. 노력한 이가 모두 성공한 것은 아니지만, 성공한 이는 모두 노력한 이들입니다.

개미 한 마리가 보리 한 알을 물고 담벼락을 오르다가 예순아홉 번 떨어지더니 마침내 일흔 번째에 담벼락을 기어올랐다는 이야기가 있습니다. 석공이 쇠망치로 돌덩어리를 백 번 내리쳤는데도 금 하나 가지 않다가, 백한 번째 내리치자 둘로 쩍 갈라졌다고 합니다. 그것은 백한 번째 내리친 단 한 번의 힘 때문이 아니라 그때까지 내려친 횟수 하나하나가 다 합쳐 진 힘 때문입니다. 이때 돌덩이를 내려친 횟수란 힘들어도 참 고 견딘 노력을 의미합니다.

나의 가장 약한 부분을 사랑하세요

사람마다 약한 부분이 있고 누구나 자기만의 단점이 있습니다. 그런 점은 외형적인 것이든 내면적인 것이든 누가 말하지 않아도 자기 자신이 가장 잘 압니다. 그래서 대부분 그런 부분은 남한테 감추려고 애를 씁니다. 물론 드러내고 싶지 않은 게 사람의 마음일 것입니다.

그런데 문제는 자기 자신까지도 그런 부분을 싫어하고 창피하게 생각한다는 것입니다. 그것이 자기의 아름다움을 해치는, 하고자 하는 일을 방해하는 가장 큰 원인이라고 여깁니다. 그래서 나중에는 자기비하에까지 이릅니다. 비하란 자신을 과소평가하고 남보다 낮추는 것을 의미하는데, 자기 자신을 부정적으로 낮추는 점이 문제입니다.

'나 같은 녀석을 누가 좋아할 리 있나. 좋아한다면 그게 더 이상하지.'

'내가 하는 일이 늘 그렇지 뭐. 잘되면 그게 더 이상하지.'

이런 생각이야말로 가장 심한 자기비하 상태입니다. 자기비하는 인간의 영혼을 썩게 만들거나 파괴해버리는, 악마의 가장 강력한 무기입니다. 악마는 인간을 절망시키는 가장 손쉬운 방법으로 자기 스스로를 비하하고 단죄하게 합니다.

누구나 다 못생기고 약한 부분이 있기 때문에 인간입니다. 약한 부분이 한 군데도 없는 육체와 영혼을 지닌 완벽한 인간은 없습니다. 그런 인간은 만화나 애니메이션의 주인공으로 그려질 뿐 현실에는 존재하지 않습니다. 누구나 다 좋은 것만으로 형성돼 있다면 인간다움과 아름다움을 잃고 맙니다. 이런저런 약한 부분이 모여 인간이라는 건강한 전체를 이룹니다.

따라서 내게 비록 약한 부분이 많다 하더라도 내가 먼저 그 부분을 돌보고 사랑해야 합니다. 그렇게 할 수 있는 사람은 오직 나 자신밖에 없습니다. 내가 나의 약점을 미워하고 비난하고 내팽개쳐버리면 누가 돌볼 수 있겠습니까. 나의 약한 부분을 마냥 숨기려고만 들면 열등의식이 형성되지만, 있는 그대로 당당하게 드러내놓으면 아무 문제가 되지 않습니다.

제가 사는 아파트에 오리걸음을 걷는 소년이 있습니다. 그 소년은 선천적으로 걸을 때마다 두 다리가 지나치게 양쪽으로 벌어져서 보통 사람보다 서너 배는 더 오래 걸립니다. 걷는다기보다는 몸 전체가 좌우로 흔들리는 것 같다고 하는 게 더 정확한 표현입니다.

저는 오고가는 길에 그 소년을 가끔 만납니다. 그때마다 소년을 유심히 살펴보는데, 늘 표정이 밝습니다. 비록 남들보다 뒤뚱거리며 느리게 걸어가지만 다른 사람들을 크게 의식하지 않고 당당합니다. 애써 감추려 들지 않는 모습에서 잔잔한 감동이 전해집니다. 만일 소년이 자신을 부끄러워하고 감추려 든다면 단 한 걸음도 걸을 수 없을 것입니다.

저도 약한 부분이 있습니다. 키가 아주 작아서 외모가 초라하고 볼품이 없습니다. 중·고등학생 때는 늘 반에서 맨 앞에 앉았습니다. 또 수학을 못해서 어쩌다가 인수분해 문제 하나 풀면 영점을 면했습니다. 지금도 영어회화는 물론 영문에 대한 독해력이 없습니다. 이 글로벌 시대를 살아갈 수 있는 능력이 부족해 혼자서는 해외여행을 못합니다.

지금은 '얼짱'과 '몸짱'을 요구하는 시대입니다. 물론 아름답지 않은 것보다는 아름다운 게 더 좋습니다. 그러나 인간의 아름다움이 과연 외모에만 있을까요. 외적인 아름다움은 외형이 아니라 결국 내면이 만듭니다. 내면이 겸손하고 남을 이해하고 사랑할 줄 아는 마음을 지니고 있으면 그 아름다움이 얼굴에 나타납니다.

표정은 내면의 거울입니다. 정신의 깊이에서 표정이 우러나옵니다. 저는 표정이 아름다운 사람이 아름답게 느껴집니다. 정신의 부족함과 설익음이 나타나는 표정을 지닌 사람은 진정한 미인이 아닙니다.

밤하늘에 아름답게 떠 있는 달은 실은 분화구가 있는 황야나 사막에 불과합니다. 그러나 그 달도 태양빛을 받으면 그토록 아름답습니다. 누가 저 보름달을 울퉁불퉁한 돌덩이나 흙덩이에 불과하다고 할 수 있겠습니까.

우리 인간도 마찬가지입니다. 신은 인간을 만들 때 태양빛을 받아 보름달처럼 빛날 수 있는 아름다움을 하나씩 선물했습니다. 그런데 우리는 그 선물을 어디다 둔 줄 모릅니다. 신이 선물한 나의 아름다움이 어디 있는지, 그것이 무엇인지 발견하고 감사할 줄 알아야 하는데 그러지 못합니다.

내 인생은 나를 위해 존재합니다. 다른 사람의 인생을 위해서 내 인생이 먼저 존재하는 것은 아닙니다. 내 인생이 먼저 존재해야 비로소 다른 사람의 인생이 존재합니다.

내 인생의 주인은 나 자신입니다. 남이 아닙니다. 주인인 내가 내 인생의 약한 부분을 쓰다듬고 껴안아줘야 합니다. 내게 약한 부분이 없었으면 하고 바라지만 그것이 없어지면 또 다른 약점이 나타날 수 있습니다. 따라서 나의 약점이 없어지기를 바라기 전에 그 약점을 먼저 사랑하는 일이 중요합니다.

나의 가장 약한 부분이 나중에 가장 좋은 부분이 될 수 있습니다. 어쩌면 그 부분 때문에 인간적인 매력이 생기는지도 모릅니다. 가장 못생긴 나무가 산을 지키는 고목이 된다는 것을 우리는 잘 알고 있습니다. 가장 곧고 잘생긴 나무가 가장 먼저 서까랫감으로 쓰이고, 그다음 못생긴 나무가 기둥감으로 쓰이고, 가장 못생긴 나무는 잘리더라도 대들보로 쓰입니다. 나의 가장 못생긴 부분이 끝까지 남아서 나를 지키는 대들보가 될 수 있습니다. 잘난 부분은 늘 잘났다고 오만해져 화를 불러올 수도 있습니다.

저는 저의 가장 약한 부분을 사랑합니다. 저의 큰 약점을 작게 생각하고 감추기보다는 드러내고 살펴봅니다. 어쩌다가 자기비하의 마음이 생기면 그 마음을 자기애의 마음으로 곧 전환시킵니다. 자기를 스스로 보살피는 마음, 자기를 스스로 존중하는 마음, 자기를 스스로 책임질 줄 아는 마음이 있을 때 남을 진정 사랑할 수 있습니다.

엎질러진 물 때문에 울 필요는 없습니다

일본행 비행기를 놓친 일이 있습니다. 그날 오후에 일본에서 강연을 해야 하는데 아침 10시 비행기를 놓쳤으니 여간 낭패가 아니었습니다. 분명히 알람시계를 맞춰놓고 잤는데 눈을 떠보니 예정 시간에서 한 시간이나 지나 있었습니다. 순간, 얼마나 놀랐는지 모릅니다. 시계를 잘못 봤나 싶어 다시 확인해봐도 마찬가지였습니다.

갑자기 머릿속이 텅 비고 쿵쿵 심장 뛰는 소리가 들려왔습니다. 허둥지둥 가방을 챙기는 둥 마는 둥 여권만 확인하고 일단 집 앞에서 택시를 탔습니다. 택시기사에게 행선지를 말하려고 하자 입안에 침이 말라 말이 나오지 않았습니다. 겨우 김포공항행 지하철을 타기 위해 신논현역으로 가달라는 말만 하고 창밖을 내다보다가 다시 시계를 보았습니다.

이미 공항에 도착해서 탑승권을 교부받아야 할 시간이었습니다. 급행 지하철을 타긴 탔지만 어떻게 해야 할지 머릿속만 자꾸 새하얘지고 아무런 생각이 나지 않았습니다. 휴대전화를 손에 들고 있었으면서도 비행기 예약을 담당한 여행사에 전화를 걸어야겠다고 생각한 것은 한참 뒤의 일이었습니다.

그런데 그때 참으로 이상한 일이 일어났습니다. 여행사에 전화를 해야 한다고 생각한 그 순간, 일본에서 강연 행사를 준비하고 있던 여행사 측 담당자가 탑승을 잘 했느냐고 제게 전화를 걸어왔습니다. 비행기를 놓쳤다고 급히 말하고 도움을 요청하자 그는 차분히 말했습니다.

"몇 시쯤 김포공항에 도착할 수 있느냐, 공항에 도착해도 그다음 비행기는 탈 수 없다, 공항에 도착하자마자 택시를 타고 일단 인천공항으로 가라, 그동안 계속 인터넷으로 검색해서 오사카행 11시 비행기 좌석을 확보하는 대로 다시 전화하겠다."

저는 휴대전화를 손에 꼭 쥐고 다시 전화가 오기를 초조히 기다렸습니다. 가슴은 여전히 뛰었습니다.

"지금 마침 빈자리가 하나 나와 예약했으니 인천공항 몇 번 출입구로 가라, 우리 직원이 항공권을 들고 대기하고 있다."

저는 그의 말에 그대로 따랐습니다. 인천공항에서도 탑승 시간이 얼마 남아 있지 않아 줄도 서지 않고 바로 출국절차를 밟은 뒤 탑승구로 달려간 끝에 가까스로 일본행 비행기를 탈 수 있었습니다. 자리에 앉자마자 비행기가 이륙했는데 그제서야 입안에 침이 돌았습니다.

그때 일을 생각하면 지금도 가슴이 쿵쿵 뜁니다. 그날 '왜 내가 늦게 일어났을까, 문제점이 무엇이었을까' 하고 먼저 원인 분석부터 시작했다면 어떻게 되었을까요. 이미 너무 늦었다고 포기하고 그대로 방 안에 들어 앉아 늦게 일어난 저 자신을 탓하기만 했다면 어떻게 되었을까요. 분명 비행기를 탈 수 없었을 것입니다. 강연 또한 할 수 없어 저를 초청한 주최 측에 돌이킬 수 없는 피해를 끼쳤을 것입니다.

그 일로 한 가지 중요한 교훈을 얻게 되었습니다. 어떤 실수나 실패가 있을 때 원인을 분석하지 말고 해결책부터 먼저 생각하고 행동하라는 것입니다. 집에 불이 났다면 어떻게 하든 먼저 불을 끄는 게 중요하지 '왜 불이 났을까? 어디에서 합선이 일어났을까?' 분석이나 하고 있어서는 안 된다는 것입니다.

부처님의 가르침을 전하는 책《아함경》에 보면 부처님께서는 이런 말씀을 하셨습니다.

"어떤 사람이 독 묻은 화살을 맞아 견디기 어려운 고통을 겪을 때 친족들이 서둘러 의사를 부르려 하였다. 그런데 화살을 맞은 사람이 '아직 화살을 뽑아서는 안 됩니다. 나는 화살을 쏜 사람이 브라만인지 크샤트리아인지 바이샤인지 수드라인지,

이름과 성은 무엇인지, 키가 큰지 작은지 중간 정도인지, 얼굴색이 하얀지 검은지, 어떤 마을에서 왔는지 먼저 알아야겠습니다. 또 내가 맞은 화살이 어떤 종류인지 알아야 뽑을 것입니다. 뿐만 아니라 어떤 새의 깃으로 장식됐는지, 화살 끝에 묻힌 독은 어떤 종류인지 알아야 화살을 뽑을 것입니다'라고 말한다면, 그 사람은 이러한 사실을 알기도 전에 죽고 말 것이다."

독화살이 날아와 허벅지에 박혔을 때 먼저 그 화살부터 빼는 게 급선무라는 말씀입니다. 허벅지에 독화살이 꽂혀 있는데도 화살을 쏜 사람이 어느 계층의 누구인지, 왜 쏘았는지, 화살을 만든 나무가 뽕나무인지 물푸레나무인지, 화살 깃이 매 털인지 독수리 털인지 먼저 알고 싶어 하다가는 미처 알기도 전에 온몸에 독이 퍼져 죽게 된다는 것입니다.

물을 엎질렀을 때도 마찬가지입니다. 중국 춘추시대의 사상가 노자는 '물이 가득 채워진 컵을 쏟지 않으려면 컵을 똑바로 들어야 한다'라고 했습니다. 그런데 살아가다 보면 컵을 똑바로 들지 못하고 물을 엎지를 때가 많습니다. 저도 수없이 엎질렀습니다. 여러분도 그런 적이 많을 것입니다. 그럴 때 물을 엎질렀다고 우셨나요? 엎질러진 물 때문에 울 필요는 없습니다.

물이 엎질러졌다고 우는 것은 엎지른 원인을 먼저 생각하고 절망하는 모습입니다. 왜 물이 엎질러졌을까 안타까워하기보다 어떻게 하면 다시 떠올 수 있을까를 먼저 생각해야 합니다.

혹시 그 물을 먹으려고 기다리는 사람이 있다면 그의 목마름을 생각해서라도 얼른 자리에서 일어나야 합니다. 내가 먹기 위한 것이라면 다시 물을 길어 나의 갈증을 해소해야 합니다. 다시 떠와 물을 먹은 뒤, 왜 물을 엎지르게 되었는지 그 원인을 살펴보고 반성해도 결코 늦지 않습니다.

저는 노트북 자판 위에 커피를 그대로 엎지른 적이 있습니다. 커피가 노트북 내부로 스며들지 않게 재빨리 조치한 다음 바탕화면에 이리저리 튄 커피를 부드러운 물수건으로 닦아냈습니다. 왜 엎질렀을까, 혹시 노트북이 망가진 건 아닐까 하는 생각은 그다음에 했습니다. 이미 노트북에 엎질러진 커피 때문에 울지는 않았습니다.

누구나 뜻하지 않게 인생의 소중한 물을 엎지르게 됩니다. 그럴 때 이미 엎질러진 물 때문에 울 필요는 없습니다. 왜 이 물이 엎질러졌을까 하고 물을 보며 우는 일은 나중에 해도 됩니다. 일단 물을 다시 길어오거나 담아오는 일부터 해야 합니다.

쓴맛을 맛보지 못하면 단맛을 맛보지 못합니다

제가 어릴 때는 설탕이 귀해서 마치 금가루처럼 여겼습니다. 학교에서 돌아와 가방을 마루에 던진 채 지친 듯 벌렁 드러누워 있으면 어머니가 맹물 한 사발에 설탕을 한 숟가락 타서 주셨습니다. 아버지만 주시는 그 귀한 설탕을 아들인 제게도 주셔서 어머니가 나를 참 사랑하시는구나 하는 생각에 그걸 참 맛있게 먹었습니다. 그러면 왠지 피곤했던 몸과 마음에 다시 생기가 도는 것 같았습니다.

설탕 탄 맹물, 그게 뭐 그리 맛있었겠습니까. 그저 밍밍하기만 했을 텐데 그때는 달고 맛있어서 일부러 그걸 얻어먹으려고 어머니 앞에서 피곤한 척할 때도 있었습니다. 그래서 저는 아직 그에 맞먹는 단맛을 만나지 못했습니다. 아마 그 단맛이 어머니의 사랑의 맛이기 때문일 것입니다.

그러나 어른이 되고 나서 진정 단맛을 맛보기 위해서는 먼저 쓴맛부터 보아야 한다는 사실을 알게 되었습니다. 세상 매사가 다 그랬습니다. 쓴맛 없는 단맛은 결코 없었습니다. 실패라는 쓴맛을 맛보지 않고서는 성공이라는 단맛을 맛볼 수 없었습니다. 어릴 때 단맛부터 먼저 맛본 탓인지 어른이 되어 맛보는 쓴맛은 더욱더 썼습니다.

지금 여러분은 인생의 쓴맛을 맛보고 있을 것입니다. 학업이라는 쓴맛 말입니다. 내일의 단맛을 맛보기 위해 오늘의 쓴맛을 맛볼 기회는 참으로 소중합니다. 오늘 내가 맛본 쓴맛이 내일 맛볼 단맛을 보장하기 때문입니다. 쓴맛을 소중하게 여기지 않고 원망만 한다면 항상 쓴맛만 맛보는 삶을 살게 될지도 모릅니다.

기말고사나 수능 성적이 원하는 대로 나오지 않아 인생의 쓴맛을 맛보게 되었다고 생각되면, 그 쓴맛은 음미하는 게 중요합니다. 한 문제 더 맞고 덜 맞음에 따라 웃고 울고 할 필요가 없습니다. 꼭 치러야 할 시험 하나를 잘 마쳤다는 사실 자체가 중요할 뿐입니다.

언젠가 학교를 졸업하면 취업을 위해 입사 시험을 치르게 될 텐데 만일 그 시험에 낙방하는 경우에도 마찬가지입니다. 부모를 떠나 자기만의 인생을 시작하려고 하는 이는 대부분 실패의 쓴맛부터 보게 된다는 사실을 인정하는 게 중요합니다. 그 쓴맛을 깊게 음미해보세요. 그래야 나중에 단맛을 보게 될 때 그 맛을 더 깊게 느낄 수 있습니다.

인생에는 실패가 없습니다. 실패라고 생각하는 것은 모두 과정일 뿐입니다. 과정을 실패라고 생각하는 오류를 범할 뿐입니다. 작은 실패의 냇물이 모여 큰 성공의 강물이 됩니다. 따라서 아무리 쓴맛을 맛보더라도 참고 견딜 줄 알아야 합니다.

꽃이 왜 아름다울까요. 겨울이라는 고통을 견뎌내었기 때문입니다. 오늘 여러분이 한 송이 아름다운 꽃이라면 지금은 묵묵히 고통을 견뎌내어야 할 때입니다.

나이 든 세대는 남은 인생이 짧지만 여러분의 인생은 깁니다. 인생은 일회적이지만 수능이나 입사 시험은 일회적인 게 아닙니다. 시험에 한 번 실패했다고 해서 인생 전체를 실패한 것은 아닙니다.

자연 상태에 있는 금붕어는 일평생 약 만여 개의 알을 낳는데 비해 어항 속 금붕어는 삼사천 개밖에 낳지 못합니다. 아무런 위험도 없이 적당한 온도와 먹이를 공급받는데도 그렇습니다. 그것은 어항이 고통이라는 자연의 진리를 제공하지 않기 때문입니다. 고통을 수반하는 삶이 자연의 삶이므로 어항 속 금붕어는 삶의 실재를 잃어버린 것입니다.

자연 상태의 금붕어이길 원하는가, 어항 속 금붕어이길 원하는가. 비록 위협과 불안이라는 고통이 많더라도 저는 자연 상태의 금붕어이기를 원합니다. 두말할 필요도 없이 고통이 있어야만 삶이 보다 풍부해지기 때문입니다.

세상에 고통 없이 살아가는 사람은 없습니다. 누구나 고통의 과정 없이는 아무것도 이룰 수 없습니다. 차가운 눈에 덮여 겨울을 보내야만 보리밭의 보리도 뿌리를 내릴 수 있습니다. 눈보라 치는 북풍을 견뎌내야 매화도 멀리 아름다운 향기를 보낼 수 있습니다.

여러분이 인간은 고통 속에서 살아간다는 사실을 먼저 이해하면 좋겠습니다. 고통은 인생의 쓰디쓴 국이요 밥이라는 사실을, 그 국과 밥을 먹음으로써 인생이라는 생명이 유지된다는 사실을 지금 이해하는 것이 중요합니다.

인간은 오직 일등에게 관심을 갖지만 신은 자신을 견디고 극복한 사람에게만 관심을 갖는다고 합니다. 또 신은 가끔 인간에게 빵 대신 돌멩이를 던진다고 합니다. 그런데 어떤 이는 그 돌을 원망하며 걷어차다가 발가락이 부러지고, 또 어떤 이는 그 돌을 주춧돌로 삼아 집을 짓는다고 합니다.

저는 신이 관심을 갖는 인간이 되고 싶습니다. 신이 던진 돌멩이로 빵을 만들어 먹는 인간이 되고 싶습니다. 쓴맛을 맛보지 못한 사람은 설탕 맛을 모르므로 오늘의 쓴맛을 내일의 단맛으로 만들고 싶습니다.

별을 보려면 어둠이 꼭 필요합니다

별을 좋아하시죠? 저도 무척 좋아합니다. 달도 좋아하지만 별을 더 좋아합니다. 달이 은근하고 포근한 누나 같다면 별은 다정한 형 같습니다. 달빛이 인자한 어머니의 빛이라면 별빛은 때로는 엄한 아버지의 빛입니다.

달빛은 마냥 따스하게 느껴지는데 별빛은 다소 차가운 느낌을 줍니다. 그 차가움이 들뜬 마음을 가라앉혀주고 사물을 냉철하게 들여다볼 수 있도록 도와줍니다. 그래서 시인의 빛이 있다면 달빛보다는 별빛이라는 생각이 듭니다.

저는 밤길을 걸어가다가 달을 바라볼 때보다 별을 바라볼 때 더 살아 있다는 감각이 느껴집니다. 빌딩과 빌딩 사이로 뜬 초승달이 너무 아름다워 발걸음을 멈출 때도 있지만, 막 어둠이 찾아온 검은 산 위로 떠오른 별들을 보면 더 가슴이 뜁니다. 달보다는 별이 더 희망의 길로 인도해주는 것 같아 언제나 손을 뻗어 다가가고 싶습니다.

달이 감성적이라면 별은 이성적인 게 아닐까요. 달이 슬픔이라면 별은 그 슬픔을 껴안고 일어서는 기쁨이 아닐까요. 무엇보다도 달은 매일 변하나 별은 변하지 않아서 좋습니다.

제 오른쪽 팔뚝엔 까만 점이 많습니다. 그 점들 중엔 흡사 북두칠성과 북극성 모양을 지닌 것이 있습니다. 그래서 가끔 팔뚝을 내려다보며 혼자 빙그레 웃을 때도 있습니다. 사람 몸의 점에서도 별자리를 찾으려고 할 때도 있습니다.

아마 제가 별을 좋아하게 된 것은 어릴 때 마당에 누워 여름 밤하늘을 바라보곤 했기 때문이 아닌가 싶습니다. 또 대학생이 되어 뒤늦게 읽은 《어린 왕자》 때문이 아닌가 싶기도 합니다. 그래서 시인이야말로 지구라는 별에 사는 '어린 왕자'가 아닌가 하는 생각도 해봅니다.

저는 문단 등단작이 1978년 대한일보 신춘문예에 당선된 시 〈첨성대〉입니다. 첨성대 바로 옆 인왕동이라는 초가 마을에 외할머니 집이 있었는데 중학생 때부터 방학만 되면 외할머니 집에 가서 며칠씩 놀았습니다. 여름방학 때는 첨성대 창문 안으로 들어가 고개를 내밀고 멀리 반월성 밤하늘 위로 펼쳐진 찬란한 별들을 바라보기 좋아했습니다.

어릴 때 바라보는 별과 나이가 들어서 바라보는 별은 그 느낌이 다릅니다. 젊을 때 바라본 별빛은 마냥 푸르고 날카로웠으나, 지금 바라보는 별빛은 은근히 붉은빛을 띠고 부드럽게 느껴집니다.

그리고 예전에는 별을 바라보면 쓸쓸함이 느껴졌으나 이제는 별을 바라보아도 쓸쓸하지 않습니다. 쓸쓸하다가도 별을 바라보면 나도 모르게 마음에 위안의 빛이 찾아옵니다. 내가 별을 바라보는 게 아니라 별이 나를 바라볼 때가 있기 때문입니다.

별을 바라보기 위해서는 무엇이 꼭 필요할까요? 사방이 밝아야만 무엇을 찾을 수 있고 바라볼 수 있으므로 밝음이 필요할까요? 아닙니다. 어둠이 필요합니다. 별은 어둠 속에서만 빛납니다. 별을 빛나게 하는 것은 어둠입니다. 별은 어둠이 있어야 빛날 수 있습니다. 별들이 찬란해지기 위해서는 어둠이 깊어야 합니다.

이제 저는 제 삶에 왜 어둠이 많은지 이해하게 되었습니다. 어둠이 있어야 제 인생이라는 별이 빛날 수 있습니다. 밤하늘이 아름다운 것은 바로 별들이 아름답기 때문입니다.

누구의 인생이든 인생에는 반드시 어두운 밤이 있습니다. 절망이라는 밤, 시련이라는 밤, 좌절이라는 밤, 가난과 불행이라는 밤 등 인간의 수만큼이나 밤의 수는 많습니다.

우리는 그 밤을 애써 피해왔습니다. 가능한 한 그런 밤이 오지 않기를 간절히 바라왔습니다. 그러나 밤이 오지 않으면 별이 뜨지 않습니다. 별이 뜨지 않는 인생이란 죽은 인생이나 마찬가지입니다.

그 누구도 밤을 맞이하지 않고서는 별을 바라볼 수 없습니다. 그 누구도 밤을 지나지 않고서는 새벽에 다다를 수 없습니다. 아름다운 꽃도 밤이 없으면 아름답게 피어날 수 없습니다. 이른 아침에 활짝 피어난 꽃은 어두운 밤이 있었기 때문에 아름답게 피어납니다.

신은 왜 인간으로 하여금 눈동자의 검은자위로만 세상을 보게 했을까요? 신이 인간의 눈을 만들 때 흰자위와 검은자위를 동시에 만들어놓았습니다. 그것은 어둠을 통해서 세상을 바라보라는 뜻이 아닐까요. 어둠을 통하지 않고서는 세상의 밝음을 볼 수 없다는 뜻이 아닐까요.

별은 밝은 대낮에도 하늘에 떠 있지만 어둠이 없기 때문에 그 별을 바라볼 수가 없습니다. 오직 어두운 밤에만 바라볼 수 있습니다. 검고 어두운 눈동자를 통해서만 이 세상을 바라볼 수 있듯이, 밤하늘이라는 어둠이 있어야만 별을 바라볼 수 있습니다.

지금 내게 고통과 시련이라는 어둠이 있다면 그 어둠을 통해서만 내 별을 바라볼 수 있습니다. 내 인생의 캄캄한 밤, 그것이 비록 견딜 수 없는 고통의 밤일지라도 그 밤이 있어야 별이 뜹니다.

새들은 바람이 가장 강하게 부는 날 집을 짓습니다

우연히 텔레비전에서 까치가 집 짓는 장면을 보게 되었습니다. 까치는 도시의 가로수 윗동에 집을 짓기 위해 끊임없이 나뭇가지를 부리로 물어다 날랐습니다. 겨울에 사람들이 나무 윗동을 마치 새총처럼 잘라버려 까치가 물어온 나뭇가지는 얼키설키 엮이지 못하고 계속 땅바닥에 떨어졌습니다.

그런데도 까치는 거의 한 달 동안이나 거리에 떨어진 나뭇가지를 물어다 날랐습니다. 까치는 자기가 살던 집의 위치를 정확하게 기억하고 있어 사람들이 집을 없애도 다시 그곳에다 집을 지으려 노력한다고 합니다. 그 노력이 얼마나 눈물겨운지 지켜보는 내내 참으로 미안하고 마음이 아팠습니다.

그날 저는 문득 봄이 오면 왜 꽃샘바람이 불어오는지, 나뭇가지가 왜 바람에 잔잔하게 부러져 거리에 나뒹구는지 그 까닭을 알 수 있었습니다. 까치와 같은 작은 새들로 하여금 집을 지을 때 작은 나뭇가지를 잘 쓰라고 그런 것이었습니다. 만일 꽃샘바람이 불어오지 않고 나뭇가지 하나 부러지지 않는다면 새들이 무엇으로 집을 지을 수 있겠습니까. 또 떨어진 나뭇가지가 마냥 크고 굵기만 하다면 새들이 그 연약한 부리로 어떻게 나뭇가지를 옮길 수 있겠습니까.

새들은 바람이 가장 강하게 부는 날 집을 짓습니다. 강한 바람에도 견딜 수 있는 튼튼한 집을 짓기 위해서입니다. 태풍이 불어와도 나뭇가지가 꺾였으면 꺾였지 새들의 집이 부서지지 않는 것은 바로 그런 까닭입니다.

어느 여름에 태풍이 불어와 제가 사는 집 근처 가로수가 길바닥으로 쓰러졌습니다. 그런데 가로수 끝에 있던 까치집은 부서지지 않고 그대로였습니다. 참으로 놀라웠습니다.

새들이 바람이 강하게 부는 날 집을 지으려면 얼마나 힘들겠습니까. 바람이 고요히 그치기를 기다려 집을 지으면 훨씬 더 쉬울 것입니다. 나뭇가지를 물어오는 일도, 부리로 흙을 이기는 일도 훨씬 쉬울 것입니다.

그러나 그 결과는 좋지 않을 것입니다. 바람이 강하게 부는 날 지은 집은 강한 바람에도 무너지지 않습니다. 그렇지만 바람이 불지 않는 날 지은 집은 약한 바람에도 허물어져버립니다. 만약 그런 집에 새들이 알을 낳는다면 알이 땅으로 떨어질 수 있습니다. 새끼가 태어난다면 새끼 또한 떨어져 죽고 말 것입니다.

새들이 나무에 집 짓는 것을 보면 참으로 놀랍습니다. 누가 가르쳐준 것도 아닌데 어떻게 그렇게 잘 지을 수 있을까요. 높은 나뭇가지 위에 지어놓은 까치집을 보면, 그것도 층층이 지어놓은 모습을 보면 무척 아름답습니다. 새들은 자기 보금자리를 나무에 지을 수 있어서 좋고, 나무는 새들의 집 때문에 아름다워져서 좋습니다.

새들이 바람이 가장 강하게 부는 날 집을 짓는 것은 인간이 집을 지을 때 땅을 깊게 파는 것과 같습니다. 건물 높이에 따라 땅 파기의 깊이는 달라집니다. 땅 파기가 힘들다고 해서 땅을 얕게 파면 높은 건물을 지을 수 없습니다. 오늘이 힘들다고 주저앉으면 내일이 좋아질 리 없습니다.

저는 무슨 일을 하다가 조금 힘들면 '나중에 하지' 하고 뒤로 미루곤 했습니다. 꼭 해야 할 일이 있어도 '오늘은 비가 오니까' '오늘은 감기 기운이 있으니까' 하고 핑계를 대며 내일로 미루었습니다.

이는 일할 수 있는 좋은 때를 기다리자는 뜻도 있지만, 좀 더 쉽게 일하자는 뜻도 있습니다. 날씨를 내 힘으로 바꿀 수 없듯이 일하기 좋은 상황을 내 힘으로 만들기는 어렵습니다. 아무리 날씨가 나빠도 그 날씨에 나를 맞추어 일을 해야 합니다.

농부는 비가 오지 않아도 모내기 철이 되면 모내기를 해야 합니다. 비가 오기만 마냥 기다리고 있을 게 아니라 지하수를 끌어 올려서라도 논에 물을 대야 합니다. 그래야 모내기를 하고 가을에 벼를 거둘 수 있습니다.

우리도 마찬가지입니다. 혹시 부모님이 세상을 떠났다고 제가 직장을 그만두고, 학생이 학교를 그만두면 어떻게 되겠습니까. 아무리 힘든 일이 있어도 내가 꼭 해야 할 일은 내가 해야 합니다. 악조건이 완화되기를 기다리기보다 그 악조건을 향해 당당하게 나아갈 수 있어야 합니다. 그래야 오늘의 악조건이 내일의 호조건이 됩니다.

히말라야 고산족들은 양을 사고팔 때 양의 키나 몸무게의 상태에 따라 값을 정하지 않고 양의 성질에 따라 값을 매깁니다. 양을 팔 사람과 살 사람이 서로 지켜보는 가운데 가파른 산비탈 중간지대까지 양을 몰고 올라가 풀어놓습니다. 그러고는 양이 풀을 뜯어먹는 모습을 지켜본 뒤 값을 흥정합니다. 양이 산비탈 위쪽으로 올라가면서 풀을 뜯어먹으면 키가 작고 깡말랐더라도 값이 비싸지고, 산비탈 아래쪽으로 내려가면서 풀을 뜯어먹으면 양이 아무리 몸집이 크고 살이 쪘더라도 값이 떨어집니다. 이는 산비탈 위로 올라가는 양은 지금 당장은 힘들고 어렵더라도 풀을 뜯어먹을 수 있는 넓은 산허리라는 미래가 보장돼 있다고 판단하기 때문입니다. 반면에 산비탈 아래로 내려가는 양은 현재는 힘이 안 들고 수월하지만 결국 산 아래 협곡에 이르러서는 굶어 죽을 수밖에 없는 미래가 기다리고 있다고 생각하기 때문입니다.

이렇게 양이 산비탈 위로 올라간다는 것은 삶의 악조건을 받아들임으로써 밝은 미래를 연다는 뜻이며, 산비탈 아래로 내려간다는 것은 삶의 호조건만을 찾아가 오히려 종말을 자초한다는 뜻입니다.

누구나 인생이라는 집을 짓습니다. 여러분이 지금 학교에서 공부하는 까닭은 내 인생이라는 집을 짓기 위해서입니다. 그것도 이제 막 기초공사를 하기 위해서입니다. 살기 좋은 집을 짓기 위해서는 무엇보다 기초공사가 튼튼해야 합니다. 새들이 바람이 가장 강하게 부는 날 집을 짓듯이 나도 고통의 바람이 가장 강하게 불어올 때 집을 지어야 합니다. 그래야 고통의 비바람이 몰아치더라도 내 인생의 집이 무너지지 않습니다.

달팽이도 마음만 먹으면 바다를 건널 수 있습니다

과연 달팽이가 바다를 건널 수 있을까요? 네, 건널 수 있습니다. 이 말 속에 정답이 있습니다. 바로 마음을 먹었기 때문입니다. 마음을 먹는다는 것, 즉 결심한다는 것은 무엇보다 중요합니다.

팔다리가 없는 중년의 한 남성이 영국과 프랑스 사이의 도버 해협을 헤엄쳐 건넜다면 믿어지시나요? 저는 신문에 난 기사를 보고도 믿기 어려웠습니다. 그래서 일부러 인터넷을 검색해 직접 동영상을 찾아보기까지 했습니다. 누운 채 물에 떠서 헤엄을 치는 배영과, 두 손을 동시에 앞으로 뻗어 헤엄을 치는 접영을 하면서 바다를 나아가는 모습은 정말 감동적이었습니다.

그의 이름은 필리프 크루아종. 프랑스 중서부 도시 생레미쉬르크뢰즈에 사는 사람입니다. 1994년 텔레비전 안테나를 고치기 위해 지붕에 올라갔다가 그만 2만 볼트 전기에 감전돼 팔다리를 모두 잃었습니다.

그러나 그는 사고를 당한 지 16년째 되던 2010년 9월 18일, 도버 해협을 헤엄쳐 건너는 데 성공했습니다. 아침 8시에 영국 남부 포크스턴 해안에서 출발해 약 13시간 동안이나 헤엄을 쳐 밤 9시쯤 프랑스 북부 칼레 해변에 도착했습니다.

그러고는 도착하자마자 잘린 두 팔을 번쩍 치켜들면서 이렇게 말했습니다.

"나는 나 자신뿐만 아니라 불행한 사고로 삶의 의욕을 잃은 사람들을 위해 도전했습니다. 춥고, 어깨와 배가 아팠지만 계속 앞으로 나아갔습니다."

그는 오리발 모양의 의족을 달고 헤엄쳤지만 팔에는 의수가 없었습니다. 어깨에서 팔꿈치 부분까지 남은 팔로 물살을 갈랐습니다. 그런데도 예상보다 10시간이나 더 빨리 건넜습니다. 팔다리가 없는 장애인이 34킬로미터나 되는 바다를 헤엄쳐 건넌 것은 그가 처음이라고 합니다. 도버 해협은 물이 차고 물살이 거세 수영을 잘하는 사람도 맨몸으로 건너가기 어려운 곳이라고 하니 놀랍기만 합니다.

그는 병원에 입원해 있을 때 도버 해협을 헤엄쳐 건너는 사람들에 관한 다큐멘터리를 보고 자신도 그렇게 해보겠다고 결심을 했습니다. 1주일에 30시간씩 2년간 훈련을 했는데, 하루 종일 휠체어에 앉아 있어야 할 사람이 무모하게 그런 준비를 한다고 말리는 이도 많았습니다.

분명 무모한 도전이었습니다. 인간은 바다에서 수영할 때 느끼는 두려움이 아주 큽니다. 불빛 한 점 없는 캄캄한 밤바다에서 수영할 때는 더 큰 두려움을 느낍니다. 그런데도 그는 밤바다를 거뜬히 헤엄쳐 나갔습니다.

더구나 그가 도버 해협을 헤엄칠 때는 바닷물의 온도가 15도 정도로 낮았습니다. 너무 차서 발을 담그기 힘든 한여름 계곡물과 같은 수온입니다. 이렇게 수온이 낮은 곳에서 오랫동안 헤엄을 치면 체온이 낮아지고 숨쉬기가 힘들어지고 몸이 굳어져 정신을 잃게 됩니다. 그런데도 그는 시속 5킬로미터로 헤엄치는 일반 수영선수보다는 못하지만, 시속 3킬로미터라는 빠른 속도로 헤엄을 쳤습니다.

더구나 헤엄치는 동안 힘을 잃지 않기 위해 음식물을 계속 먹어야 했는데, 두 손이 없기에 먹는 일만 해도 무척 힘들었습니다. 그래도 그는 모든 어려움을 견뎌내고 도버 해협을 헤엄쳐 건넜습니다.

수영 전문가의 말에 의하면 그가 헤엄을 치기 위해 잘린 팔과 다리만으로 추진력을 내는 것은 불가사의한 일이라고 합니다. 근육 사용량이 보통 사람에 비해 3분의 1 정도밖에 안 되는 데다, 등과 배의 근육만 사용해서 헤엄쳐야 하기 때문에 바다에서 수영하기란 불가능에 가깝다고 합니다. 그런데도 그는 바다를 헤엄쳐 건넜습니다. 그는 자신에게 강한 의지가 있었고 바다가 그를 허락했기 때문이라고 했습니다.

그는 사고 전에는 수영을 전혀 못 하는 사람이었습니다. 그러나 끊임없는 연습과 훈련을 통해 두 무릎에 매단 오리발을 움직여 앞으로 나아가고, 윗부분만 남은 두 팔로 몸의 균형을 잡으며 물살을 가를 수 있었습니다. 수영 전문가도 할 수 없다고 한 일을, 포기하지 않고 열심히 노력해 가능한 일로 만들었습니다.

무슨 일을 하려 할 때 불가능하다고 여겨지면 흔히 그 일을 '바다를 건너는 달팽이'에 빗대어서 말합니다. 그러나 이제 '바다를 건너간 달팽이'로 수정해야 합니다. 필리프 크루아종이 '달팽이도 마음만 먹으면 바다를 건널 수 있다'라는 것을 분명히 입증해 보였습니다.

필리프 크루아종이 장애를 딛고 도버 해협을 건널 수 있었던 것은 결국 무엇 때문일까요? 그것은 바다를 건너겠다고 먼저 마음을 먹었기 때문입니다. 굳게 결심을 했기 때문입니다. 먼저 결심을 해야만 노력이 뒤따를 수 있습니다.

나는 지금 나 자신을 위해 무엇을 마음먹고 있는지, 무엇을 결심하고 있는지 곰곰 생각해보세요. 달팽이도 마음만 먹으면 바다를 건널 수 있습니다.

사진을 찍으려면 천 번을 찍으세요

불교계의 거목 성철스님이 지내시던 해인사 백련암 손님방에서 하룻밤 잔 적이 있습니다. 성철스님이 입적하시기 10여 년 전, 당시 잡지사 기자로 일하던 저는 스님께 인터뷰를 요청했으나 허락하시지 않았습니다. 그 대신 글로 적어 서면書面 질문을 하면 서면으로 답변해주겠다고 하셨습니다. 그래서 그날 밤 저는 무슨 질문을 할까 곰곰 생각하면서 가야산 백련암에서 하룻밤 묵게 되었습니다.

백련암의 여름밤은 깊고 고요했습니다. 밤하늘엔 보름달이 둥실 떠올라 있었고 어둠 속에서 들리는 풀벌레 울음도 깊고 맑았습니다. 큰스님 가까이 계시는 데서 밤을 맞았다는 사실만으로도 제 가슴은 보름달처럼 차올라 잠은 오지 않았습니다.

어느새 시간이 지나 해인사의 새벽 종소리가 은은히 들려왔습니다. 벌떡 일어나 스님 주무시는 방을 바라보았습니다. 스님 방엔 맑은 불이 켜져 있었고, 달빛 아래 마당을 거니시는 스님의 모습이 보였습니다.

천천히 아침 공양절에서 하루 세끼 밥을 먹는 일을 하고 나자 스님은 언제 해인사로 내려가셨는지 보이지 않았습니다. 저도 서둘러 해인사로 내려갔습니다. 대웅전엔 많은 스님들과 불자들이 빽빽이 들어차 있었습니다. 저는 그들 사이를 비집고 들어가 앉아, 대웅전 높은 단상에 올라 주장자拄杖子, 승려들이 설법할 때에 가지는 지팡이를 손에 쥐고 설법을 하시는 스님을 바라보았습니다. 스님은 마치 엷은 미소를 띤 호랑이처럼 보였습니다.

그날 설법을 마치고 스님이 백련암으로 걸어 올라가실 때 함께 가도 된다는 허락을 받았습니다. 그때 자연스럽게 동행하면서 여쭙고 싶은 걸 여쭙고 찍고 싶은 사진도 찍으라는 게 당시 제자스님인 원택스님의 배려 깊은 말씀이었습니다.

스님은 설법을 마치자 지체 없이 바로 백련암으로 향하셨습니다. 저는 사진기자와 함께 부지런히 스님 뒤를 따라갔습니다. 스님은 청년처럼 휘이휘이 빠른 걸음으로 산을 올라가셔서 감히 말씀을 붙이기 어려웠습니다. 그래도 뒤처지지 않고 뒤를 따라가 세상 사람들을 위해 한말씀 해주시기를 청했습니다. 스님께서는 "내가 무슨 할 말이 있겠나. 다 자기 자신을 들여다보면 알 건데" 하시고는 빙그레 웃기만 하셨습니다. 그러고는 호랑이 한 마리가 그려진, 백련암 방향을 가리키는 나무 표지판이 나오자 그 앞 바위에 앉아 사진을 찍을 수 있도록 포즈를 취해주셨습니다.

사진기자가 이때다 싶어 연방 셔터를 눌렀습니다. 그때였습니다. 스님께서 큰 목소리로 "왜 그렇게 사진을 많이 찍노. 필름이 안 아깝나" 하고 물으셨습니다. 사진기자가 사진 찍는 데 정신이 팔려 스님 질문에 얼른 대답을 하지 않았습니다. 그래서 제가 나서서 "좋은 사진을 찍으려면 많이 찍어야 합니다. 벌써 필름을 다섯 통도 더 썼습니다" 하고 말씀드렸습니다. 그러자 스님께서는 "그래, 그러면 천 번을 찍어라" 하고 말씀하셨습니다.

'아이구, 천 번이나!'

저는 그때 '어떻게 천 번을 찍으라고 하시나, 스님께서 농담도 잘하신다'라고 생각했습니다.

사진기자는 열심히 사진을 찍었습니다. 처음엔 사진 찍는 걸 달가워하지 않으시던 스님께서 그 말씀을 하시고 나서는 카메라를 피하지 않으셨습니다. "그만 좀 찍어라" 하는 말씀도 하지 않으셔서 그날 스님 사진을 참 많이 찍었습니다. 스님이 벗어놓으신 검정 고무신과 누더기 승복, 스님이 잡수실 때 쓰는 소박한 밥상을 찍기도 했습니다.

그 뒤 '사진을 찍으려면 천 번을 찍어라'라고 하신 스님의 말씀이 늘 머리를 떠나지 않았습니다. 그 말씀이 무슨 뜻일까. 생각할수록 어려웠습니다. 그래도 그 말씀을 늘 잊지 않으려고 애를 쓰다가 어느 날 문득 '무슨 일을 하든 최선을 다해 노력하라'라는 뜻이라고 쉽게 생각했습니다.

당시 스님께서는 어린아이들은 조건 없이 만나주셨지만 일반인이나 신도들은 부처님께 먼저 삼천배_{번뇌를 잊고 마음을 비우기 위해 삼천 번 하는 절}를 하지 않으면 만나주지 않으셨습니다. 그래서 저는 '삼천배를 어떻게 하나. 요구가 너무 지나치고 까다로우시다. 그냥 만나주시지' 하는 생각을 했습니다. 말이 삼천배지 삼천배를 하려면 며칠이나 걸리고, 끝내고는 아파 드러누울 수도 있는 일이었습니다.

이제 와 곱씹어보면, 삼천배를 하면서 '먼저 부처님을 만나고 자기 자신을 만나라'라는 뜻이었다고 생각됩니다. 그래서 한말씀을 청했을 때 "자신을 들여다보면 다 안다" 하고 답하신 것이었습니다. 스님께서 늘 '자기 자신을 바로 보라'라고 하신 까닭도 거기에 있었습니다.

저는 그동안 남을 들여다보는 일은 수없이 많았어도 나 자신을 들여다본 일은 거의 없었습니다. 들여다볼 기회가 있어도 일부러 외면해왔습니다. 이제 비로소 저를 들여다봅니다. 들여다볼수록 고개를 들 수가 없습니다.

"사진을 찍으려면 천 번을 찍어라."

스님의 이 말씀만 들려옵니다.

"시를 쓰려면 천 번을 써라."

시인인 저로서는 아무리 생각해봐도 바로 이 말씀입니다. 무슨 일을 하든 천 번을 할 정도로 열심히 노력하면 결국엔 이루어진다는 말씀이 아닐 수 없습니다. 저는 이제부터라도 시를 한 편 쓰더라도 천 번을 생각하고 천 번을 써야 합니다.

삶에서 가장 중요한 것은 성공보다 노력입니다. 노력하는 과정 자체가 우리의 삶이며 노력 없이 이루어지는 것은 아무것도 없습니다.

성철스님은 "밥은 죽지 않을 정도만 먹고, 옷은 살이 보이지 않을 정도면 됐고, 공부는 밤을 새워서 하라"라고 말씀하셨습니다. 인생의 깊은 곳에 그물을 던지라는 말씀입니다. 오늘은 "사진을 찍으려면 천 번을 찍어라" 하는 스님의 말씀을 여러분에게 이렇게 바꿔 들려드리고 싶습니다.

"영어 단어를 외우려면 천 번을 외워라."

한 일一 자를 10년 쓰면 붓끝에서 강물이 흐릅니다

요즘은 서예가가 아니면 붓글씨 쓰는 사람이 드물어 붓을 찾아보기 어렵습니다. 서울에서는 인사동 지필묵 가게에나 가야 겨우 찾아볼 수 있습니다.

예전엔 그렇지 않았습니다. 글을 쓸 수 있는 유일한 도구가 붓이었습니다. 조선시대 선비에게 붓은 필수적인 것이었습니다. 붓은 문방사우文房四友 즉 종이, 붓, 먹, 벼루 중 하나였으며, 그중 어느 것 하나만 없어도 글쓰기가 힘들었습니다.

저는 중학교 때까지 붓을 사용했습니다. 일주일에 한 시간씩 습자 시간이 있어 먹을 갈고 습자지에 붓글씨 쓰는 연습을 했습니다. 책상에 엎드려 자는 친구 얼굴에 먹이 잔뜩 묻은 붓으로 수염을 그리며 장난치던 장면이 지금도 눈에 선합니다.

물론 그때 이후 더 이상 붓글씨를 쓰는 일은 없었습니다. 붓 또한 제 삶에서 사라졌습니다. 저만 해도 이러니 여러분은 붓을 손에 쥐어본 경험조차 없는 경우가 대부분일 겁니다.

지금은 붓 대신 볼펜이나 만년필을 씁니다. 이젠 만년필을 쓰는 일도 드물어 거의 컴퓨터 자판에 의존해 글을 씁니다. 어떤 이는 제가 시인이기 때문에 연필이나 만년필로 시를 쓸 것이라고 생각하는데 그렇지 않습니다. 저 또한 노트북으로 써야 시가 더 잘 써집니다.

그런데 언젠가 어느 책에서 '한 일─ 자를 10년 쓰면 붓끝에서 강물이 흐른다' 하는 말을 읽고 가슴이 뭉클했습니다. 물이 흐르는 형상인 한 일 자에 강물을 흐르게 하려면 그 얼마나 많은 노력을 기울여야 할까요. 여기에서 한 일 자란 내가 하고 싶은 일, 내가 목표로 하고 있는 일을 의미합니다. 한눈팔지 않고 그 일을 열심히 하면 목적한 바를 이룰 수 있다는 말입니다.

조선시대의 대표적 명필 추사 김정희 선생은 친구 권돈인에게 보낸 편지에서 '나는 칠십 평생에 벼루 열 개를 구멍 냈고, 붓 천 자루를 몽당붓으로 만들었다'라고 했습니다.

이 말이 무슨 뜻일까요. 벼루 열 개를 밑바닥이 뚫리도록 닳게 만들려면 먹을 얼마나 갈아야 할까요. 또 붓글씨를 얼마나 써야 붓 천 자루가 몽당붓이 될까요. 이는 글씨를 잘 쓰기 위해 그만큼 열심히 공부했다, 최선을 다해 노력했다는 말입니다. 그 정도 노력해야 명필이 될 수 있다는 뜻입니다.

달리 말하면 '노력 없이는 아무것도 이룰 수 없다, 한 번에 한 가지 일에만 관심을 쏟으라'라는 뜻이기도 합니다. 서성書聖, 글씨를 빼어나게 잘 쓰는 사람을 높여 이르는 말으로 불리는 중국의 왕희지도 서예를 연마하기 위해 연못물이 까매지도록 먹을 갈았다고 합니다. 이 이야기에도 얼마만큼 노력했느냐가 중요하다는 뜻이 숨어 있습니다.

"하루를 연습하지 않으면 내가 알고, 이틀을 연습하지 않으면 아내가 알고, 사흘을 연습하지 않으면 청중이 안다."

20세기 후반 클래식 음악계를 이끈 마에스트로 레나드 번스타인도 이런 말을 했습니다. 이 또한 얼마만큼 연습이라는 노력을 했느냐가 중요하다는 뜻입니다. 그는 스물다섯 살 젊은 나이로 뉴욕 필하모닉의 부지휘자로 채용되었고 14년 후에는 상임지휘자가 된 뒤, 끊임없는 연습으로 손대는 작품마다 '번스타인의 음악'으로 만드는 강한 개성을 보여주었습니다.

오래전, 몽골의 수도 울란바토르 '간단사원'에서 본 광경이 아직 잊히지 않습니다. 저는 그날 사원 입구 오른쪽 담 안으로 먼저 들어가보았습니다. 그 안에서 들려오는 맑고 슬픈 피리 소리 때문이었습니다.

'누가 부는 피리인데 이렇게 애절하게 들릴까. 어느 스님이

부는 걸까.'

　그런 생각을 하며 천천히 소리가 들리는 쪽으로 발걸음을 옮겼습니다. 그것은 한 맹인이 부는 피리소리였습니다. 허리가 구부러진 남루한 맹인이 안구가 푹 꺼진 눈을 감추지 않은 채 불당 마루 주춧돌에 앉아 피리를 불고 있었습니다.

　가만히 걸음을 멈추고 사람들 틈에 끼여 오랫동안 피리소리에 귀를 기울였습니다. 피리소리는 들으면 들을수록 애간장을 녹였습니다. 불당 앞마당에 떼 지어 앉아 있는 회색 비둘기들도 피리소리에 마음을 빼앗긴 듯 조용했습니다.

　그 맹인은 하루도 빠짐없이 간단사원을 찾아와 그렇게 피리를 분다고 했습니다. 잃은 시력을 되찾을 수 없어 마지막으로 부처님께 기원하고 공덕을 쌓기 위해 매일 피리를 부는데, 그게 벌써 3년째라고 했습니다.

　이야기를 듣고 나니 맹인의 피리소리가 더 아프고 애절하게 들렸습니다. 하루도 빠짐없이 부처님께 아름다운 피리소리를 들려드린다는 게 결코 쉬운 일이 아닐 것입니다. 그러나 그는 정성을 다해 부처님께 피리를 불어드리고 있었습니다.

　벌써 20여 년 전 일이므로 지금쯤 그의 노력이 부처님 마음을 움직여 시력이 회복되었을 거라고 믿습니다. '한 일 자를 10년 쓰면 붓끝에서 강물이 흐른다'라는 말처럼 무슨 일이든 열심히 노력하면 못 이룰 게 없기 때문입니다.

여러분은 지금 어떤 '한 일 자'를 쓰고 계신가요? 나만의 한 일 자를 몇 번이나 쓰셨나요? 힘들더라도 한 일 자에 강물이 흐를 수 있도록 써야 합니다.

시인이 죽으면 대표작 한두 편이 남습니다. 그래서 '대표작으로 남을 만한 시를 일찍 써버리면 더 이상 시를 쓰는 고통은 없을 텐데' 하는 생각을 한 적이 있습니다. 그러나 그건 그렇지 않습니다. 시인이 한 편의 시를 남기기 위해서는 평생이라는 시간이 필요합니다. 추사 선생처럼 붓 천 자루를 몽당붓으로 만들 정도의 평생이라는 시간을 바쳐야 그나마 대표작 한두 편이 남을 것입니다.

실패에는 성공의 향기가 납니다

나는 실패입니다. 내 얼굴은 모과처럼 못생겼습니다. 눈물을 질질 잘 짜기도 하고, 땅을 치며 통곡도 잘합니다. 어떤 때는 느닷없이 화를 잘 내기도 합니다.

나는 실패인 나 자신을 쳐다보기도 싫습니다. 정말 하루하루가 견딜 수 없는 날들입니다. 도대체 내가 나 자신을 사랑할 수가 없습니다. 세상에 자기 자신을 사랑할 수 없는 이가 또 누구를 사랑할 수 있겠습니까. 우선 자기 자신이 자기 자신에게 쓸모가 있어야 남에게도 쓸모가 있지 않겠습니까.

아무짝에도 쓸모가 없는 나는 어느 날 나 자신을 버리기로 굳게 마음을 먹었습니다. 어떻게 버릴까 몇 날 며칠 곰곰 생각하다가 세상을 떠들썩하게 하는 게 싫어 그냥 나 혼자 조용히 썩어가기로 했습니다.

나는 내 얼굴처럼 못생긴 모과가 되어 어느 집 응접실 한쪽 구석에 처박혀 조용히 썩어가기 시작했습니다.

썩어간다는 것은 큰 고통이었습니다. 자기 몸의 일부가 하루하루 썩어 문드러진다는 것은 어쩌면 죽음보다 더 큰 고통일 수도 있습니다.

그렇지만 결심한 대로 나 자신을 버리는 일에 있는 힘을 다 했습니다. '한 알의 밀알이 썩지 않으면 그 열매를 거둘 수 없다'라는 성경 말씀 따위는 생각하지도 않았습니다. 그저 내 영혼마저 하루속히 썩어 사라질 날만 기다리고 있었습니다.

그런 어느 날, 사람들이 이상한 말을 하기 시작했습니다. 썩어가는 나한테서 참 좋은 향기가 난다는 겁니다.

"애, 이 모과향 정말 좋다. 어디서 났니? 요즘 같은 한겨울에 구하기도 힘들잖니. 난 이런 은은한 향기가 정말 좋아."

참으로 뜻밖의 말이었습니다. 썩어가는 나한테서 좋은 향기가 난다니!

그때 문득, 돌아가신 아버지의 말씀이 생각났습니다.

"애야, 실패를 너무 두려워하지 말아라. 실패에는 성공의 향기가 난단다."

제가 쓴 우화 '실패에는 성공의 향기가 난다'입니다. 실패 속에는 무엇이 들어 있을까 생각해보고 싶어서 이런 우화를 한번 써봤습니다. 저는 이 우화를 쓰면서 실패 속에 들어 있는 유일한 것은 성공이라고 생각했습니다. 모든 성공이 실패를 통해 이루어지기 때문입니다.

사람들은 성공으로 가는 과정이 바로 실패인데도 그 과정을 도외시합니다. 그런 과정 없이 곧바로 성공으로 가길 원하지만 그런 성공은 존재하지 않습니다. 누구의 성공이든 실패의 길을 통해 성공의 길로 들어섭니다.

저만 해도 일간지 신춘문예 모집에 세 번 낙선되고 세 번 당선되었습니다. 심지어 두 번은 최종심에서 낙선되었지만 낙담하지 않았습니다. 낙선이 바로 당선의 과정이라고 믿고 낙선 때마다 당선될 때까지 작품을 투고한다고 생각했습니다. 더 이상 작품을 투고하지 않는 것이야말로 바로 낙선이며, 성공할 때까지 계속하지 않는 것이야말로 바로 실패라고 생각했습니다.

제가 대학을 휴학하고 신춘문예 준비를 하던 무렵 아일랜드 극작가 사뮈엘 베케트가 희곡《고도를 기다리며》로 노벨문학상을 받았는데, 그가 한 말 중에 이런 말이 있습니다.

"다시 도전하라. 또다시 실패해도 좋다. 이번엔 한결 성공에 가까워져 있을 테니까."

바로 제게 해당되는 말이었습니다. 저는 아직 이 말을 잊지 않고 있습니다. 제게 실패가 있다면 성공할 때까지 도전하지 않았기 때문입니다.

일본 초등학교 교과서에 실린 10세기 헤이안시대의 서예가 오노도후 이야기도 성공할 때까지 도전하는 정신이 중요하다는 뜻을 전하고 있습니다.

오노도후는 아무리 노력해도 서예 공부에 진전이 없었습니다. 아예 포기하고 고향으로 돌아가는 게 좋겠다 싶어 어느 비 오는 날 우산을 쓰고 스승님께 마지막 인사를 드리러 갔습니다. 그런데 스승의 집 앞에서 개구리 한 마리가 불어난 개울물에 떠내려가지 않으려고 버드나무 가지를 향해 계속 뛰어오르고 있었습니다. 그는 속으로 '너도 나처럼 불가능한 것에 힘을 쏟고 있구나' 하고 중얼거렸습니다. 그런데 쉬지 않고 계속 뛰어오르던 개구리가 버드나무 가지를 잡고 결국 나무 위로 올라가는 것이었습니다. 그 모습을 보고 그는 큰 깨달음을 얻었습니다.

"저런 미물도 저렇게 죽을힘을 다해 나무에 기어오르는데, 내가 여기서 포기를 하다니 참 부끄럽구나!"

오노도후는 그 길로 다시 서예 공부를 시작해서 중국 서체에서 벗어난 자기만의 서체를 완성하고 일본 3대 서예가 중 한 사람이 되었습니다.

저는 이 이야기를 떠올릴 때마다 '불가능이란 노력하지 않는 자의 변명이다'라는 말이 떠오릅니다. 오노도후에게 깨달음을 준 개구리처럼 실패를 거듭해도 포기하지 않는 정신적 태도가 중요합니다. 실패 역시 꿈에 속하기 때문입니다. 꿈이 있기 때문에 실패가 있는 것입니다.

세계적 베스트셀러 《시크릿》 등 수많은 자기계발서가 공통적으로 이야기하는 것은 '성공한 모습을 상상하고 꿈을 꿔라. 실패할 것이라고 생각하지 말고 이미 이루어졌다고 생각하라'라는 것입니다. 부정적 생각을 버리고 늘 긍정적으로 생각하면 꿈을 현실에서 이룰 수 있다는 겁니다.

물론 꿈 중에는 아무리 노력해도 안 되는 꿈도 있습니다. 서울역에서 노숙자 생활을 하는 이가 서울 시내 고층빌딩의 빌딩주가 되거나 서울시장이 되기를 꿈꾼다는 것은 허황된 꿈에 속합니다. 이런 허황된 꿈을 제외하고는 꿈이 있는 한 실패 역시 성공에 속합니다. 성공과 실패는 같은 크기입니다.

그러나 성실히 꿈을 꾼다 하더라도 모든 꿈을 다 완성할 수 없습니다. 완성을 향해 나아가는 노력의 과정만 있을 뿐입니다. 성공은 완성의 단계가 아니라 완성을 향해 나아가는 과정입니다. 꿈을 이룬 결과라기보다 그 꿈에 한 발 더 다가가는 과정일 뿐입니다. 그런데도 내가 실패했다고 절망감에 빠진다면 수판을 툭 털고 다시 놓듯이 실패를 툭 털고 다시 시작하면 됩니다.

지금은 사용하는 사람이 거의 없지만 제가 초등학생 때만 해도 학교에서 수판을 배웠습니다. 수판 수업이 있는 날이면 가방 속에 수판을 넣고 다녔습니다. 수업 시간에 선생님께서 "11 더하기 15, 17 더하기 14는?" 하고 말씀하시면 손가락으로 열심히 수판을 놓았습니다. 그리고 다음 계산으로 넘어갈 때는 이미 계산된 앞의 숫자를 지우라는 뜻으로 선생님께서는 꼭 "털고" 하고 말씀하신 뒤에 다음 숫자를 불러주셨습니다. 이렇게 수판은 툭 한번 흔들어 털어버리면 다시 계산할 수 있습니다. 내가 실패했다고 생각되는 것을 수판 털듯이 툭 털어버리면 언제나 다시 시작할 수 있습니다.

지금은 수판이 전자계산기로 바뀌었지만 마찬가지입니다. 전자계산기로 계산을 다시 시작할 때도 이미 계산된 숫자를 다 지우고 '0'에서 시작합니다. 계산기를 두드리다가 틀리면 처음부터 다시 하듯이 모든 것이 실패인 듯이 보일 때도 다시 새롭게 시작하면 됩니다. 인간은 실패가 허락된 유일한 창조물입니다.

다른 사람이 아무리 나를 보고 실패했다고 해도 내가 실패라고 생각하지 않으면 실패가 아닙니다. 실패한 게 아니라 실행되지 않는 한 가지 방법을 발견했을 뿐입니다. 실패는 원래 존재하는 것이 아니고 내가 실패라고 생각하기 때문에 존재합니다. 그래도 실패가 존재한다고 생각하면 실패 속에 있는 성공의 향기부터 먼저 맡아보시기 바랍니다. 실패에는 늘 성공의 향기가 납니다.

먼저 행동한다는 것은 노력한다는 것이며,
노력한다는 것은 최선을 다한다는 것입니다.

3부

처음부터 완벽한 인생은 없다

견딤이 쓰임을 결정합니다

일본 법륭사는 백제 양식으로 지은 절입니다. 이 절에 가면 고구려 담징이 그렸다고 전해지는 금당벽화 '사불정토도'와 '백제관음입상'을 만나볼 수 있습니다. 담징의 원래 그림은 불타버렸지만 그와 똑같이 그린 모사模寫 그림은 볼 수 있습니다.

이 절 앞에는 긴 소나무 숲길이 있습니다. 대부분 오래된 소나무로 이루어진 숲길이어서 고요하고 맑고 깨끗한 느낌이 듭니다. 법륭사 안마당에도 몇백 년 된 소나무 두 그루가 서 있는데 그 모습이 참으로 늠름하고 아름답습니다.

제가 한참 동안 그 소나무를 감동 어린 눈빛으로 쳐다보자 일행 한 분이 법륭사는 1000년 된 소나무로 지었다고 알려주었습니다. 그리고 이 절을 1400여 년 동안 대대로 지켜온 '궁목수' 가문이 있다고 했습니다. 일본에서는 1000년 이상 갈 수 있는 절이나 궁궐을 짓는 목수를 궁목수라고 하는데, 니시오카 가문이 바로 그런 가문이라고 합니다.

이 가문에서는 "1000년 이상 갈 수 있는 건물을 지으려면 1000년 된 소나무를 써야 한다. 그리고 그런 나무로 건물을 짓는다면 1000년은 갈 수 있는 건물을 지어야 한다. 그래야 궁목수로서 그 나무에게 면목이 서는 일이다"라고 후손들에게 가르쳤다고 합니다.

이는 살아 있을 때 나무의 나이와 목재로 사용된 뒤부터의 나이가 서로 같아야 한다는 뜻입니다. 나무가 1000년 세월을 견뎌왔으니까 그 세월만큼 견딜 집을 지을 수 있다는 뜻입니다. 그러니까 견딤의 기간이 쓰임의 기간을 결정한다는 것입니다. 1000년을 견딘 나무니까 1000년 동안 쓰인다는 겁니다.

저는 이 가문의 가르침이 시라는 집을 짓는 언어의 목수인 제게도 해당된다고 생각합니다. 좋은 시의 집을 짓기 위해서는 무엇보다도 먼저 인간과 자연에 대한 깊은 이해와 체험이라는 나무가 있어야 합니다. 그것도 오랜 세월 동안 온갖 고통과 시련을 견뎌온 나무라야 합니다. 만일 그런 나무가 없다면 단 한 줄의 시도 쓸 수 없게 됩니다.

제 인생에 처음으로 견딤의 힘이 필요했던 시기는 20대 초 군대 생활을 할 때입니다. 1970년 2월, 신병훈련을 마치고 배치받은 공병부대로 가자 일주일 뒤 제대한다는 한 병장이 저를 불러 세웠습니다.

"어이, 정 이병, 넌 언제 제대하나?"

"네! 73년 초입니다!"

저는 병장의 질문에 큰 소리로 대답했습니다. 그러자 그가 "하하, 73년? 그때까지 언제 기다려, 잘해봐, 응?" 하면서 제 어깨를 툭 쳤습니다. 주위에 있던 다른 병장들도 한꺼번에 웃음을 터뜨렸습니다. 저는 그때 마음이 무척 아팠습니다. 견뎌야 할 세월이 아득하게 느껴졌습니다.

지금은 육군의 복무기간이 18개월이지만 그때만 해도 36개월이었습니다. 제대하려면 꼬박 3년을 참고 견뎌야 했습니다. 그래서 군모에 '세월아, 구보로!'라고 쓴 병사가 있는가 하면, '백번을 참는다'라는 뜻으로 '백인百忍'이라고 쓴 이도 있었습니다. 저는 모자 안쪽 잘 안 보이는 곳에 '참을 인忍' 자 세 개를 썼습니다. 한 해가 지나면 한 자를, 또 한 해가 지나면 또 한 자를 지웠습니다. 그러나 글자 한 자를 지우는 게 그리 쉬운 일은 아니었습니다.

견딘다는 것은 누구나 힘든 일입니다. 견디고 견디다가 구부러지고 뒤틀어진 나무처럼 되기 십상입니다. 그런데 일본

궁목수 가문에서는 그런 나무도 필요한 곳에 알맞게 잘 사용했다고 합니다. 심하게 구부러지고 뒤틀어진 나무라도 바로잡으려 하지 않고 그 나무의 성질을 잘 이용해 알맞은 곳에 썼다고 합니다. 심지어 남쪽 벽에 쓸 나무는 산의 남쪽에서 자란 나무를 쓰고, 서쪽 벽에 쓸 나무는 산의 서쪽에서 자란 나무를 썼다고 합니다.

내가 만일 똑바로 자라지 못하고 뒤틀린 나무 같은 존재가 되었다 하더라도 나름대로 쓰일 데가 있다는 것입니다. "나 같은 놈이 쓰일 데가 어디 있겠어!" 하는 생각이 든다면 궁목수 가문의 이야기에 귀 기울여볼 필요가 있습니다.

요즘 우리나라 젊은이들은 참고 견디는 힘이 부족하다는 이야기를 많이 합니다. 절망 상태에 빠져 스스로 자신을 내버리고 돌보지 않는 젊은이가 너무 많다고도 합니다. 여기엔 그럴 만한 여러 가지 이유가 있을 것입니다. 그렇지만 아무리 젊은 세대라 할지라도 견딜 줄 모르면 쓰일 데를 찾기 어려울 수 있습니다.

견딤이 쓰임을 낳습니다. 젊을 때는 견딤의 힘이 가장 필요합니다. 현실적 고통을 받아들일 수 있는 견딤의 힘을 통해 쓰임의 미래를 환히 밝힐 수 있습니다.

니시오카 궁목수 가문에서는 1000년 된 소나무로 집을 짓고 나면 언젠가 사용할 후대를 위해 반드시 소나무를 심었습니다. 1000년을 내다보며 집을 짓고 1000년을 내다보며 나무를 심은 것입니다. 지금도 법륭사를 지은 목재의 일부를 대패질하면 1000년 된 소나무의 향긋한 솔내가 난다고 합니다. 견딤이 낳은 쓰임의 향기가 아닐 수 없습니다.

이 시대를 사는 여러분한테도 그런 향기가 나면 좋겠습니다. 견딤은 미래의 나를 준비하는 과정입니다. 견딤이 쓰임을 결정합니다. 내게 견딤이 있어야 귀하게 쓰이는 결과를 가져옵니다.

참지 못하면 이길 수 없습니다

한 농부가 참깨를 심어야 하는데 준비해둔 씨앗이 없었습니다. 그래서 먹으려고 냉동실에 보관해둔 참깨를 밭에 뿌렸습니다. 내심 얼어 죽은 게 아닐까, 싹이 날 수 있을까 걱정하면서요. 그런데 그전 해에 봉지에 담아 보관했던 참깨에서보다 훨씬 더 많은 싹이 돋았습니다. 농부는 어떻게 보관하느냐에 따라 더 좋은 씨앗이 될 수 있다는 사실을 알고 무척 기뻐했습니다.

영하 20도의 냉동실에서 참깨는 그 얼마나 춥고 고통스러웠을까요. 그래도 언젠가는 햇볕이 따스한 땅에 뿌려질 날을 기다리며 참고 또 참았을 것입니다. 그 참깨가 예년의 참깨보다 훨씬 더 많이 싹을 틔우게 된 것은 바로 그 고통을 참고 견딘 결과입니다.

만약 냉동실의 혹독한 추위를 참지 못했다면 아무리 훈훈한 흙의 가슴에 안겼더라도 이미 생명을 잃어 싹을 틔울 수 없었을 것입니다. 이렇게 작디작은 참깨 한 알도 시련과 고통을 견뎌내는 인내의 힘이 있어야 자신을 싹틔울 수 있다는 사실 앞에 옷깃이 여며집니다.

참깨 이야기를 하니까 700년 만에 피어난 연꽃 생각이 납니다. 2010년 7월 8일 자 신문에는 경남 함안 성산산성에서 발견된 고려시대의 연꽃 씨앗에서 피어난 연꽃 사진이 일제히 실렸습니다. 연못의 지하 퇴적층에서 발견된 십여 개의 씨앗 중 한 개에서 핀 연꽃이었습니다. 비록 신문에서 본 것이지만 분홍색 꽃잎을 활짝 피운, '아라홍련'으로 이름 붙여진 그 연꽃을 보고 놀라지 않을 수 없었습니다.

그 연꽃 씨앗은 얼마나 자신을 꽃피우고 싶었을까요. 연꽃 씨앗은 조건이나 환경이 맞지 않으면 1000년이 돼도 싹을 틔우지 않는다고 합니다. 이 씨앗도 한 송이 연꽃을 피우기 위해 700여 년이나 참고 기다려왔으니 그 얼마나 길고 긴 인내의 세월입니까.

저도 친하게 지내는 황토스님한테 단단한 연꽃 씨앗 네 개를 얻어 꽃을 피우려고 노력한 적이 있습니다. 황토스님이 물확 같은 데에 흙을 넣고 물을 부은 뒤 씨를 심어놓으면 싹이 튼다고 해 그렇게 했습니다. 그러나 몇 달을 기다리고 물이 다 말라 다시 부어놓아도 싹은 트지 않았습니다. 저는 기다림에 지쳐 그만 베란다 청소할 때 버리고 말았습니다.

지금 생각하면 참 후회됩니다. 700년이 돼도 꽃을 피우는 연꽃 씨앗인데 불과 몇 달도 참지 못했으니 참으로 어리석고 인내심이 없었습니다. 연꽃을 피어나게 하기 위해서는 칼이나 톱으로 씨앗에 흠집을 내 물이 들어가도록 해야 한다는데 그런 사실도 몰랐습니다. 만일 제가 씨앗에 흠집이라는 상처를 냈다면 싹이 돋고 꽃이 피었을 것입니다.

한 알의 연꽃 씨앗이 꽃을 피우기 위해 흠집이라는 상처를 필요로 하는 것처럼 저도 인간이라는 아름다운 꽃을 피우기 위해서 깊은 상처를 필요로 합니다.

제가 살아가면서 '칼'이라는 어떤 사람, '톱'이라는 어떤 상황에 부딪혀 상처를 입는 까닭은 바로 아름다운 인간의 꽃으로 피어나기 위한 것이었습니다. 제 삶의 씨앗에 상처가 나는 순간이야말로 생명의 물이 흘러들어가 인내의 꽃이 피어나는 순간입니다.

저는 지금은 돌아가신 어머니한테 "니가 참아라"라는 말을 많이 들었습니다. 어머니는 늘 저보고 "니가 참아야지 누가 참노?" 하고 말씀하셨습니다. 참는 자에게 복이 있다는 겁니다. 그러나 저는 참을성이 부족합니다. 아파트 엘리베이터가 조금 늦게 내려와도, 시내버스가 조금만 더 늦게 도착해도 그 순간을 참기 어려워합니다. 남과 싸우게 되는 것도 결국 내가 참지 못했을 때입니다.

한번은 지하철을 탔다가 옆자리 어떤 남자와 싸운 적이 있습니다. 그 남자가 신문을 양손으로 펼칠 때마다 제 얼굴에 신문이 자꾸 와 닿았습니다. 저는 그만 참지 못하고 "신문 좀 접어서 보세요, 사회생활을 하면서 어떻게 남을 배려할 줄 모르세요!" 하고 벌컥 화를 냈습니다. 화를 낸 결과는 심한 말다툼으로 이어졌습니다. 제가 좀 더 참거나 자리에서 일어나버렸다면 그런 말다툼은 하지 않았을 텐데 말입니다.

친구랑 싸울 때도 마찬가지입니다. 아무리 화가 나도 조금만 참으면 될 일을 "너 지금 그게 무슨 말이야? 도대체 왜 그러는 거야?" 하고 화를 냄으로써 그만 싸움을 키워버리고 맙니다.

베트남의 틱낫한 스님이 "화가 날수록 말을 삼가라. 화가 날 때 남을 탓하지 말고 자신의 마음을 다스려라. 화는 울고 있는 아기와 같기 때문에 보듬고 달래야 한다" 하고 하신 말씀은 그 순간 다 잊어버립니다. '인내심을 잃어버리려는 바로 그 순간보다 더 인내심이 중요한 때는 없다'라는 영국 속담을 잘 알고 있으면서도 그만 인내하지 못하고 인생의 중요한 일들을 그르치고 맙니다.

돌이켜보면 제가 가장 불행했던 순간은 참지 못하고 분노할 때였습니다. 분노는 열려 있는 모든 문을 닫고 인내는 닫혀 있는 모든 문을 엽니다. 분노는 제 생명을 빼앗아가고 인내는 제 생명을 꽃피웁니다. 인내가 없으면 연꽃 씨앗이 꽃을 피울 수 없듯이 저 또한 인생의 꽃을 피울 수가 없습니다.

'무인불승無忍不勝'이라는 사자성어가 있습니다. '참지 못하면 이길 수 없다' '참는 것이 곧 이기는 것'이라는 말입니다. 이 말 속에 들어 있는 '참을 인忍' 자를 한번 자세히 들여다볼까요. '칼날 인刀' 자와 '마음 심心' 자가 합쳐져 있습니다. '가슴에 칼이 꽂힌 상태를 그냥 견디어낸다'라는 뜻입니다.

세상에 이렇게 고통스러운 글자가 또 어디 있을까요. 가슴에 칼이 꽂힌 채 하루하루 살아가야 한다면 그 얼마나 고통스러울까요. 바로 죽음 직전의 고통일 것입니다. 그런 상태를 상상만 해도 심한 고통이 느껴집니다.

그렇지만 참된 삶을 살기 위해서는 그런 고통을 참지 않으면 안 됩니다. 그게 바로 '참을 인' 자가 가르치고 있는 참뜻입니다.

프랑스의 작가 생텍쥐페리는 그의 대표작 《어린 왕자》에서 여우의 입을 통해 "친구를 원하면 나를 길들여보라"라고 말합니다. 어린 왕자가 "어떻게 하면 되지?" 하고 묻자 여우는 "인내심이 있어야 한다"라고 말합니다. 생텍쥐페리는 우정과 사랑에도 가장 필요한 것이 인내심이라는 사실을 강조하고 있습니다.

300년이 안 된 가게는 가게로 쳐주지 않는 일본 교토 상인들한테는 반드시 지켜야 할 서른세 가지 규정이 있습니다. 그 중 세 번째 규정이 '참을 인 자가 나 자신의 주인이 되도록 마음속에 늘 새겨라' 하는 것입니다. 저는 지금부터라도 '참을 인' 자가 제 인생의 주인이 될 수 있도록 마음속에 굳게 새겨 넣습니다.

사람이라면 누구나 가슴속에 칼이 하나씩 다 들어 있습니다. 문제는 그 칼이 어떤 칼이냐 하는 것입니다. 어느 날 제 가슴속에 있는 칼을 꺼내보니 증오와 분노의 칼, 배반과 탐욕의 칼, 이기와 죽음의 칼뿐이었습니다. 지금 당장이라도 사랑과 용서의 칼, 나눔과 배려의 칼, 인내와 생명의 칼로 변화시켜야 하겠습니다. 제 가슴속의 칼이 봄날에 돋는 새순이나 우듬지같이 부드럽고 따뜻한 칼이 될 수 있도록 노력해야 하겠습니다.

낙타가 쓰러지는 건
깃털같이 가벼운 짐 하나 때문입니다

저는 낙타를 좋아합니다. 사람마다 좋아하는 동물이 있을 텐데 저는 낙타가 제일 좋습니다. 낙타를 한 번 본 적이 없을 때도 낙타라는 말만 들어도 가슴이 두근거렸습니다.

제가 시적 은유물로 낙타를 늘 소중하게 생각하기 때문입니다. 우리가 살아가는 이 고통스러운 현실을 사막에 비유한다면, 그 사막을 걸어가는 낙타야말로 바로 시인인 나 자신이 아닌가 하고 생각됩니다. 그래서 '낙타!' 하면 마음속으로 눈물이 핑 돕니다.

저는 명사산으로 유명한 중국 둔황에 갔을 때 낙타를 처음 보았습니다. 명사산 입구에 들어서자 멀리 사막 능선을 걸어가는 낙타들이 보였습니다. 순간, 숨이 딱 멎는 것 같았습니다. 마침 늦은 오후의 햇살이 모래 능선의 경사진 한 면을 어둡게 만들어 명암 대비에서 오는 신비감이 극명했습니다.

그날 또 낙타를 처음 타보았습니다. 명사산 입구에서 산 바로 아래까지는 걸어가기에 제법 먼 길이라 다들 낙타를 타고 갔습니다.

낙타 등에 오르자 마치 구름 위에 오른 것처럼 마음이 들떴습니다. 그러나 마음이 곧 아파왔습니다. 낙타가 너무나 힘들어했기 때문입니다. 한 걸음 한 걸음 내디딜 때마다 씩씩거리며 콧김을 내뿜기도 하고 오줌을 싸기도 했습니다. 하루에도 수십 번씩 관광객을 태우고 걷기 싫어도 걸어야 하니 낙타가 얼마나 힘들었겠습니까.

그 후 몽골의 고비 사막에 갔을 때였습니다. 해질 무렵, 모래가 마치 설탕 가루 같은 모래산의 능선을 맨발로 걸어 올라가다가 문득 산 아래를 뒤돌아보았습니다. 아, 언제 어디서 나타났는지 멀리 수십 마리의 낙타들이 낙타풀을 뜯고 있는 모습이 보였습니다.

감동적이었습니다. 마치 낙타를 그리워하는 저를 위해 낙타들이 일부러 한순간에 나타난 것 같았습니다. 저는 그 자리에 선 채 사랑하는 형제들을 바라보듯 낙타를 바라보았습니다. 낙타도 풀을 뜯다가 한 번씩 고개를 들고 저를 바라보는 것 같았습니다.

생각보다 낙타의 걸음은 빨랐습니다. 가시가 있는 풀을 뜯어 먹으면서도 다들 맨 앞쪽에 있는 낙타를 놓치지 않고 부지런히 따라갔습니다. 맨 뒤에서는 한 소년이 낙타를 타고 따라

가고 있었는데, 그 소년이 바로 저인 듯싶었습니다.

소년은 노을이 짙어지자 낙타 등에 탄 채 어딘가의 보이지도 않는 집으로 향했습니다. 낙타들도 소년이 뒤에서 모는 대로 움직였습니다. 저는 소년이 낙타들을 데리고 사막 한가운데로 멀어져 한 점 점이 될 때까지 그 자리에 영원히 서 있을 것처럼 서 있었습니다.

그 후, 저는 기회가 있을 때마다 이런저런 낙타 모형을 사 모았습니다. 아기 낙타가 엄마 젖을 빠는 모습을 조각한 나무 낙타에서부터 흙으로 구운 낙타에 이르기까지 열댓 개 정도가 모이자 책꽂이 한 칸을 다 비우고 그 안에 살며시 갖다 놓았습니다.

그리고 틈나는 대로 그들을 바라보며 사막을 생각했습니다. 사람은 누구나 자기만의 사막을 지니고 있기 때문에 그럴 때마다 나 자신을 깊게 들여다보게 되었습니다. 아마 뜨거운 모래바람이 불어오는 사막을 묵묵히 걸어가는 낙타처럼 살고 싶다는 열망 때문이었을 것입니다.

사람의 일생은 무거운 짐을 지고 먼 사막을 걸어가는 낙타의 일생과 같다는 생각이 듭니다. 그래서 힘들고 지쳐서 포기하고 싶을 때마다 '낙타가 쓰러지는 건 깃털같이 가벼운 마지막 짐 하나 때문인데……' 하는 생각을 하곤 합니다. 지금까지 무거운 짐을 지고 걸어왔으면서도 마지막 깃털같이 가벼운 짐 하나의 무게를 견디지 못하고 쓰러지는 건 아닌가 하고 다시 힘을 내곤 합니다.

제가 쓰러져 일어나지 못했을 때를 돌이켜보면 대부분 깃털처럼 가벼운 짐 하나 때문이었습니다. 얼마나 왔는가는 살펴보지 않고, 갈 길이 얼마나 남았는가를 살펴보다가 마지막 한순간을 참지 못했기 때문이었습니다.

물론 깃털같이 가벼운 마지막 짐 하나를 참지 못했다는 것은 그동안 그것조차 참지 못할 정도로 있는 힘을 다했다는 뜻일 수도 있습니다. 비록 깃털같이 가벼운 짐이지만 지금까지 참고 견뎌온 무게보다 수천 배 더 무거울 수 있다는 의미일 수 있습니다. 그러나 우리는 다시 한번 최선을 다해야 할 필요가 있습니다.

등에 무거운 짐을 짊어지지 않고 살아가는 사람은 아무도 없습니다. 너무 무거워 벗어놓고 싶어도 그 짐은 살아 있는 동안에는 벗어놓을 수 없습니다. 그 짐은 산을 오를 때 등에 진

배낭이 몸의 중심을 잡아주는 것처럼 소중합니다. 여러분도 등에 짊어진 짐이 아무리 무거워도 깃털같이 가벼운 짐 하나 때문에 쓰러지지 않았으면 좋겠습니다. 아무리 무거워도 견뎌야 합니다.

나만의 속도에 충실하세요

마라톤 경기를 볼 때마다 인생과 똑같다는 생각이 듭니다. 자기 속도를 유지한 채 과욕을 부리지 않고 성실하게 달리는 자가 우승하는 것처럼 인생도 그렇다는 뜻입니다. 먼저 되는 자가 나중 되고, 나중 되는 자가 먼저 되는 것 또한 인생과 똑같습니다.

마라톤 경기를 보면 꼭 선두 그룹을 형성하는 선수들이 있습니다. 처음에는 수십 명의 선수들이 떼 지어 선두 그룹을 형성하다가 30킬로미터 지점을 통과할 때쯤이면 10여 명으로 줄어들고, 그 그룹도 35킬로미터 지점을 지나면서 반으로 줄어듭니다.

그러면 그때부터 아주 흥미진진해집니다. 우승을 다투는 선수들이 서로 치고 나와 앞서거니 뒤서거니 달리기 때문입니다. 잠깐 사이에 선두로 달리던 선수가 뒤처지는 모습을 볼 수 있는가 하면, 선두 그룹 중 꼴찌에 있던 선수가 맨 앞으로 달려 나오는 모습도 보게 됩니다. 그러다가 끝내 그 선수가 관중의 박수를 받으며 가장 먼저 메인 스타디움으로 들어서서 우승하는 장면을 보기도 합니다.

평소 제가 마라톤 경기를 즐겨 보면서 가장 의미 있게 생각하는 점은 선두 그룹에서 가장 먼저 치고 나온 선수가 우승을 차지하는 경우가 퍽 드물다는 것입니다. 지금까지 제가 본 마라톤 경기에서 그런 선수가 끝까지 선두를 지켜 우승하는 일은 좀처럼 보지 못했습니다.

왜 그럴까요. 그 선수가 자기 속도에 충실하지 못하고 다른 선수의 속도에 자기 속도를 무리하게 맞춘 결과가 아닐까요. 마라톤 선수에게 가장 요구되는 것은 최고의 스피드를 레이스 끝까지 유지하는 지구력입니다. 그러기 위해서는 레이스 도중에 자기 페이스를 잃지 않는 것이 중요합니다. 그래서 마라톤 코치들은 선수에게 자기 페이스를 끝까지 유지하라고 요구합니다.

이 요구는 선수에게만 해당되는 게 아닙니다. 빠른 속도의 시대를 살고 있는 오늘 우리에게도 해당되는 말입니다. 우리는 자기만의 속도를 잊은 채 남의 속도에 나의 속도를 맞추려고 합니다. 남이 빨리 걷는다고 나도 빨리 걸으려 하고, 남이 빨리 달린다고 나도 빨리 달리려고 합니다. 남이 나보다 먼저 속도를 낸다 싶으면 어떻게든 그 속도를 따라잡으려고 합니다. 여러분도 나보다 친구들이 학업 속도가 빠르면 그 속도를 따라잡으려고 합니다. 아니, 가능한 한 앞지르려고 합니다.

저만 해도 그렇습니다. 다른 시인이 시집을 내면 저도 내야 한다고 생각합니다. 그래서 절실하게 무르익지도 않은, 나 자신도 감동받을 수 없는 시를 오직 시집을 내기 위해 쓰는 경우도 있습니다.

예전엔 서울을 벗어나 지방에 갈 때면 가는 길도 멀고 오는 길도 멀게 느껴졌습니다. 하루 만에 다시 서울로 올라오기 어려웠습니다. 그런데 이제 고속철도 KTX와 SRT가 있어 그런 느낌마저 사라지고 있습니다. 이런 고속의 시대에는 자기만의 속도가 중요합니다. 제 속도를 무시하고 속도를 내면 그만큼 더 많이 얻고 더 많이 이룰 수 있다고 여기지만 오히려 그만큼 잃어버리는 게 더 많습니다.

등산할 때 정상에 빨리 도착하려고 급히 오르면 결국 헐떡헐떡 숨이 차서 주저앉게 됩니다. 자기 속도에 맞춰 천천히 올라온 사람에게 길을 내주고 맙니다. 흔히 직선으로 가면 목적지에 빨리 도착한다고 여기지만 등산의 경우엔 그렇지 않습니다. 미국 워싱턴대학교 연구팀은 산을 오를 때는 지그재그

코스가 더 효율적인 이동 경로라고 밝혔습니다. 가파른 직선의 산을 곧장 오르면 금세 지치기 때문에 비록 지그재그일지라도 완만한 곡선의 길로 가는 게 오히려 더 낫다는 겁니다. 인생이라는 등산의 길도 마찬가지입니다.

산행 이야기를 하니까 1989년 여름, 백두산 천지에 올랐다가 혼자 걸어 내려온 일이 생각납니다. 아침 일찍 백두산을 오를 때만 해도 일행 모두 걸어서 올라가기로 약속돼 있었습니다. 그래서 3분의 1 지점까지는 힘들어도 열심히 걸어서 올라갔습니다. 그러다가 백두산 도로 작업을 하는 인부들에게 돈을 주고 트럭 한 대를 빌려 천지 바로 아래 기상대까지 단숨에 올라가버리고 말았습니다.

저는 그게 불만이었습니다. 우리 민족의 성산聖山인 백두산을 걸어서 올라가고 싶었습니다. 지금은 지정된 차량을 이용해야만 올라갈 수 있지만 그때만 해도 그렇지 않았습니다. 그래서 일행들이 다시 그 트럭을 타고 산을 내려갈 때 저는 타지 않았습니다. 걸어서 올라가지 못한 백두산을 내려갈 때만이라도 걸어서 가고 싶었습니다.

거대한 한 마리 뱀처럼 구불구불한 백두산 하산 길은 가도

가도 끝이 없었습니다. 이대로 느릿느릿 걸어가다가는 곧 날이 저물 것 같았습니다. 눈 아래 빤히 보이는 길을 구불구불 돌아갈 게 아니라 곧바로 가로질러 가는 게 더 낫겠다 싶었습니다. 당장 길을 벗어나 산 가운데로 들어서서 나름대로 직선의 길을 만들며 아래로 가로질러 갔습니다. 두꺼운 이끼에 발이 푹푹 빠졌지만 마치 부드러운 융단 위를 걷는 듯해서 기분이 아주 좋았습니다.

그러나 그것도 잠깐이었습니다. 저는 곧 안개에 휩싸이고 말았습니다. 느닷없이 몰려온 짙은 안개에 한 치 앞이 안 보였고, 순간 죽음의 공포가 몰려왔습니다. 이대로 백두산 안개에 갇혀 죽나 하는 생각이 들어 한 발자국도 움직일 수가 없었습니다.

그대로 얼마나 지났을까요. 바람이 살짝 불어왔습니다. 안개가 바람 따라 슬며시 방향을 틀었습니다. 저는 살았다 싶어 얼른 구불구불한 길 쪽으로 급히 내려왔습니다. 조금 빨리 내려가려고 직선의 길을 만들었다가 그만 죽음의 공포를 맛본 것입니다. 구불구불한 길의 속도에 맞춰 걸었더라면 그런 일은 없었을 텐데 말입니다.

삶의 속도도 이와 같습니다. 자기만의 속도에 충실하지 않으면 길을 잃고 주저앉게 되거나 죽음의 공포를 맛볼 수 있습니다. 아니, 죽을 수도 있습니다.

어떤 사람이 논에 모를 심어놓고 얼마나 자랐나 하고 아침저녁으로 지켜보았습니다. 모는 빨리 자라지 않았습니다. 그는 모가 좀 더 빨리 자랐으면 좋겠다는 조급한 마음이 들었습니다. 그래서 어느 날 저녁, 싹을 조금씩 위로 당겨놓고는 많이 자란 것 같다고 아주 좋아했습니다. 그러나 다음 날 아침에 논에 나가보자 모들이 모두 죽어 있었습니다.

'조장助長'이라는 말에 얽힌 중국 고사입니다. 이렇게 급하고 제 속도를 무시하면 죽음이 기다리고 있을 뿐입니다.

서두르지 않으면 걱정할 게 없습니다. 서두른다는 것은 현재에다 미래를 가져와 미리 걱정한다는 것입니다. 저는 요즘도 백두산에서 조금 더 빨리 내려가려 하다가 안개에 휩싸여 죽음의 공포를 맛본 일을 떠올리며 천천히 나만의 속도를 유지하면서 살아가려고 노력합니다. 자기 속도에 충실하다는 것은 자신의 삶을 건강하게 유지해나가는 일입니다. 다다르고 싶은 목적지에 그만큼 더 다가갈 수 있다는 가능성을 열어두는 일입니다.

피라미드를 쌓는 일도

처음엔 돌 하나 나르는 일에서부터 시작됩니다

이집트 카이로에 가서 기자 지역에 있는 쿠푸 왕의 피라미드를 본 적이 있습니다. 첫 느낌은 신비 그 자체였습니다. 피라미드가 고대 파라오들의 무덤으로 강력한 왕권을 상징한다든가, 인류가 남긴 단일 건축물로는 가장 규모가 큰, 세계에서 가장 오래된 석조 건축물이라든가 하는 점을 생각하기 이전에 강한 신비감에 휩싸였습니다.

쿠푸 왕의 피라미드는 높이 147미터로 추정되며 한 개당 평균 2.5톤 무게의 돌을 이백삼십만 개나 사용해서 만든 것이라고 합니다. 그 돌들을 어떻게 만들고 어떻게 옮기고 어떻게 쌓았는지 정말 불가사의하기만 합니다. 오늘의 높이로 친다면 대략 고층빌딩 40층 정도인데, 4500여 년 전에 어떻게 그런 건축물을 세울 수 있었는지 놀라울 뿐이었습니다. '온 세상이 모두 시간을 두려워하지만 시간은 피라미드를 두려워한다'라는 어느 고대 문학가의 말이 실감났습니다.

"당시엔 무거운 돌을 들어 올릴 도르래가 없어 흙이나 모래나 벽돌로 제방을 쌓고, 제방 위로 지렛대나 굴림대를 이용해서 돌을 끌어 올리는 방법으로, 20여 년간 성인 남자 10만 명

수준의 노동력이 투입되었을 것이라고 추정합니다.”

저는 안내자에게 그런 이야기를 들으면서 아무리 높은 피라미드도 처음엔 돌 하나를 갖다 놓는 일부터 시작했을 것이라고 생각했습니다.

왜냐하면 아무리 큰일도 작고 보잘 것 없는 일에서부터 시작되기 때문입니다. 처음에는 보잘것없는 한 줌 흙을 갖다 놓은 것이지만 그 일이 결국에는 산을 이룰 수 있습니다. 처음에는 작은 돌멩이 하나 나른 일이지만 그 일이 결국 피라미드를 쌓을 수 있습니다.

무슨 일을 하든지 작은 일부터 쉽게 시작하는 것이 중요합니다. 일단 시작한다는 사실도 중요하지만 그보다 더 중요한 것은 작은 일부터 시작하는 일입니다. 작은 일은 누구나 쉽게 시작할 수 있고 또 지금 당장 시작할 수 있습니다. 처음부터 어려운 일을 시작하면 도중에 쉽게 포기할 수도 있고 끝까지 해보기도 전에 자신감을 잃을 수도 있습니다.

전북 진안 마이산에 가면 입구에 탑사塔寺가 있고, 탑사 앞에 크고 작은 자연석을 절묘하게 쌓아올린 원추형 돌탑이 팔십여 개나 있습니다. 천지탑, 오방탑, 월광탑 등 돌탑 하나하나마다 쌓아올린 이의 염원과 정성이 그대로 느껴져 참 아름답습니다. 돌탑을 쌓아올린 지 100여 년이 지났는데도 허물어지지 않아 사람들이 '만불탑'이라고 부르기도 합니다.

마이산의 이 돌탑은 이갑룡이라는 분이 30여 년 동안 기도하는 마음으로 돌을 나르며 탑을 쌓았다고 하는데, 그분도 처음에는 돌 하나를 갖다 놓는 데서 시작했을 것입니다. 처음부터 트럭에 돌을 많이 싣고 와 대규모로 한꺼번에 쌓지는 않았을 겁니다.

아마 서해안 새만금 간척사업을 시작할 때도 그랬을 것입니다. 군산과 부안 앞바다를 메워 방조제를 만들기 위해서 처음엔 바다에 돌멩이 하나 던져 넣었을 겁니다. 처음엔 작고 하찮은 돌멩이 하나로 저 깊고 넓은 바다를 메울 수 있을까 했겠지만 지금은 바다를 메우고 새만금 방조제를 세웠습니다.

이렇게 삶의 모든 일은 작은 일에서부터 시작됩니다. 작게 시작해야 시작할 수 있고, 작은 일이 큰일을 이룹니다. 결국 작은 일이 큰일입니다. "해야지, 해야지" 말만 하면 아무 일도 못 합니다. 할 수 있는 작은 일부터 시작하면 됩니다. 높은 산을 오르기 위해서는 산 아래 평지에서부터 첫발을 떼야 하듯

최고에 도달하고 싶으면 최저부터 먼저 시작해야 합니다.

피라미드를 허문다고 한번 가정해볼까요. 그것도 맨 꼭대기에 있는 돌 하나를 들어내는 일에서부터 시작될 것입니다. 실제로 피라미드의 돌들은 오랜 세월을 거쳐오는 동안 약탈당했고, 어떤 시기에는 다른 건물을 짓기 위해 많이 가져다 썼다고 합니다. 그럴 때도 맨 위에 있는 돌 하나를 들어내는 일부터 시작했을 겁니다.

현재 쿠푸 왕의 피라미드 꼭짓점에는 설치물이 하나 있습니다. 마치 삼각대 위에 막대기를 하나 세워놓은 듯한, 얼핏 보면 피뢰침 같은 것인데, 피라미드의 원래 정상 높이를 표시해놓았다고 합니다. 원래 높이는 147미터였으나 정상 부분의 돌이 없어져 지금은 138미터이기 때문입니다.

살아가면서 자기만의 피라미드를 쌓아 올려야 할 때가 있습니다. 그것을 자기만의 꿈이라고 해도 좋고 소망이라고 해도 좋습니다. 또 그것을 어쩔 수 없이 들어내야 할 때도 있습니다. 삶의 어느 시점에서 꿈은 쌓는 것도 중요하지만 들어내는 것도 중요하기 때문입니다. 문제는 꿈이라는 피라미드를 쌓는다면 어떻게 쌓을 것이며, 허문다면 어떻게 허무느냐 하

는 것입니다. 그것은 결국 돌 하나를 나르는 일에서부터 먼저
시작됩니다.

무슨 일이 있어도 "괜찮아!" 하고 말하세요

어떤 소녀가 집으로 돌아와 엄마한테 "큰일 났어. 반지를 잃어버렸어" 하며 슬퍼했습니다. 그러자 낙천적인 엄마가 이렇게 말하며 분위기를 반전시켰다고 합니다.

"얘야, 손가락은 그대로 있잖니."

언젠가 어느 책에서 읽은 이 이야기가 잊히지 않습니다. 아마 소녀는 엄마 말에 '맞아, 누가 내 손가락마저 가져가버렸으면 어떡할 뻔했어' 하고 살짝 웃음 지었을 겁니다. 처음엔 엄마의 그 말이 그저 재치 있는 농담 정도로 여겨졌지만 살아갈수록 깊게 다가옵니다.

그래서 요즘 이런저런 일이 있을 때마다 그렇게 생각합니다. 어머니에게 드리려고 지갑 속에 따로 넣어둔 돈을 잃어버렸을 때 '그래도 지갑은 그대로 있으니까 괜찮아' 하고 생각합니다. 은행에서 신용카드로 출금한 돈을 자동현금지급기에 그대로 두고 나와 결국 그 돈을 잃어버렸을 때도 '그래도 카드는 가지고 나왔으니까 괜찮아' 하고 생각합니다.

아버지가 한쪽 눈을 노인성에 의해 완전히 실명했을 때도 '그래도 한쪽 눈이 남아 있으시니까 괜찮아. 양쪽 눈 다 실명

하셨다면 어떡할 뻔했어!' 하고 생각합니다.

심지어 치과 수술을 받을 때도 '그래도 이를 빼지 않으니까 괜찮아' 하고 생각합니다. 나아가 "몸에 병 없기를 바라지 말라. 병고로써 양약을 삼아라"라고 하신 부처님 말씀을 떠올리면 마음이 편안해집니다.

실은 청년 시절엔 그렇게 생각하며 살기도 했습니다. 길가에 세워둔 자전거가 갑자기 쓰러지면 재빨리 일으켜 세우지 않았습니다. 일단 땅바닥에 쓰러졌으니까 '더 이상 잘못될 일은 없다, 천천히 해도 된다' 생각하고 천천히 일으켜 세웠습니다.

몇십 년 전, 서울에 지진이 일어났을 때도 그랬습니다. 갑자기 벽에 걸린 액자와 시계가 흔들리고 책상 위에 놓인 물건이 바닥에 떨어졌습니다. 식구들이 놀라 밖으로 뛰어나갔습니다. 사촌형은 샤워를 하다가 수건 한 장만 들고 발가벗은 몸으로 뛰어나갔습니다. 그러나 저는 식구들 중에서 가장 늦게 천천히 밖으로 나갔습니다. 어차피 지진으로 위험한 사태가 일어난다면 '내 힘으론 어떻게 할 수 없는 일'이라고 생각했기 때문입니다.

그런데 차차 나이가 들고 이런저런 힘든 일을 겪다보니까 그런 마음이 어디론가 다 도망가버렸습니다. '괜찮다'보다는 '안 된다'라고 생각하며 사는 날이 더 많아졌습니다. 작은 일인데도 큰일 났다고 생각해서 큰일이 더 많아졌습니다.

괜찮다고 하면 자꾸 괜찮아지고 안 된다고 하면 자꾸 안 되는 일이 많아집니다. 괜찮다는 긍정적인 생각은 일을 잘 되는 쪽으로 이끌고, 안 된다는 부정적인 생각은 일을 잘 안 되는 쪽으로 이끕니다.

그리고 괜찮다고 생각하면 작은 일에 크게 반응하지 않게 됩니다. 우리는 작은 일인데도 마치 큰일이 난 것처럼 생각하고 화를 내고 걱정합니다. 그러면 오히려 좌절감이 느껴져 일이 더 안 풀릴 수 있습니다.

그래서 저는 요즘 '괜찮아, 잘 될 거야'라고 생각하려 노력합니다. 원하지 않는 어떤 부당한 일이 일어났을 때는 '왜 이런 일이 일어났느냐' 하고 따지지 않으려 노력합니다. 그렇게 따져봐야 이미 일어난 일이 이전 상태로 쉽게 되돌아가지 않습니다. 오히려 마음만 더 괴롭고 힘듭니다. 그래서 가능한 한 '그래도 괜찮아' 하고 있는 그대로 받아들이려고 노력합니다.

평소에 '괜찮아'라는 말을 버릇처럼 사용하면, 불안했던 마음이 평온해져 모든 일이 더 순조로워질 수 있습니다.

곰곰 생각해보면, 무엇을 바라면 이루어지지 않고, 바라지 않으면 이루어지는 게 세상 이치로 여겨집니다. 그래서 이제 뭘 바라는 욕심이 생기더라도 그 마음을 버리거나 억누르려고 애씁니다.

제 불행은 현재 제게 없는 것들을 바라보며 한숨을 내쉬는 데 있습니다. 지금 일어난, 바라지 않은 일들을 보고 왜 이런 일이 일어났느냐고 한탄해봐야 아무 소용이 없습니다.

왜 나에게 이런 일이 일어났느냐고 원망하지 말고, 나에게도 이런 일이 일어날 수 있구나 하고 긍정적으로 생각하는 것이 중요합니다. 그렇지 않으면 늘 자신을 원망하고 부정하게 됩니다.

이미 일어난 과거의 일을 가지고 현재에 고민함으로써 스스로 불행해지지 않기를 바랍니다. 과거의 일은 과거의 일이고, 현재의 일은 현재의 일입니다. 과거에 일어난 작은 일을 현재에 너무 크게 여기고, 현재에 일어난 작은 일을 미래에 일어날 너무 큰일로 여기는 어리석음에서 벗어나야 합니다. 그

러기 위해서는 무슨 예기치 않은 일이 일어나더라도, 결코 원
하지 않은 일이 현재에 일어나더라도 "응, 그래도 괜찮아!" 하
고 말할 줄 알아야겠습니다.

지금도 늦지 않았습니다

제 어머니한테 참 많이 들어온 말입니다.

"지금도 안 늦었다. 다시 해봐라."

어머니의 이 말씀을 저는 제 아이들에게, 또 다른 아이들에게 해왔습니다. 그리고 무엇보다도 저 자신에게 늘 해왔습니다.

저는 고등학생 때 시인도 되고 싶었지만 소설가도 되고 싶었습니다. 결국 제 나이 서른두 살에 조선일보 신춘문예에 단편소설이 당선되었습니다. 그런데 직장 생활이 바빠서 마흔한 살이 될 때까지 소설 한 편 쓰지 못했습니다. 그래도 지금도 늦지 않았다고 생각하고 직장마저 그만둔 뒤 소설 쓰기에 도전했습니다.

소설은 잘 써지지 않았습니다. 문장에서부터 문제가 있었습니다. 저는 잡지기자 생활을 오래했기 때문에 기사 쓰던 습관이 그대로 남아 있어서 개성적이고 문학적인 문장을 쓰기 어려웠습니다. 소설의 구조 또한 뼈대만 있고 섬세한 서정의 물기가 없었습니다. 현실적 사실과 문학적 상상력의 차이를 잘 조화시켜 소설의 그릇에 담기엔 역부족이었습니다.

그래도 포기하지 않고 열심히 6년 동안 소설만 썼습니다.

그러다가 어느 날 문득 제 문학적 기질이 소설이 아니라 시 쪽에 있음을 깨달았습니다. 작가마다 문학적 기질이 다 다르며, 그 기질에 맞는 문학적 장르가 따로 있다는 생각이 들었습니다. 그리고 제 문학적 기질에 맞는 장르는 시라고 여겨졌습니다.

다시 시를 쓰고 싶었습니다. 오랫동안 쓰지 않았는데 시를 쓸 수 있을까 하는 두려움이 앞섰습니다. 그래도 지금도 늦지 않았다고 생각하고 다시 시를 쓰기 시작했습니다. 7년 만에 《사랑하다가 죽어버려라》《외로우니까 사람이다》 등의 시집을 내었는데 독자들의 사랑을 많이 받았습니다. 그 시집은 다시 시인으로서의 삶을 사는 데에 큰 디딤돌이 되어주었습니다.

지금도 늦지 않았다고 생각하는 태도는 다음 단계로 나를 이끌어줍니다. 만일 그때 제가 이제 너무 늦었다고 생각했다면 더 이상 시를 쓸 수 없었을 겁니다. '지금도 늦지 않았다, 다시 시작해도 괜찮다'라고 생각했기 때문에 시를 쓸 수 있었습니다.

영화 〈벤자민 버튼의 시간은 거꾸로 간다〉에 '너무 늦거나 너무 이른 것은 없다'라는 말이 나옵니다. 너무 늦거나 너무 이르다고 생각할 뿐이라는 것입니다. 아무리 늦었다고 해도 너무 늦은 때는 없습니다. 늦었다고 생각할 때가 가장 빠른 때입니다. 지금도 늦지 않았다고 생각하면 최선을 다해 앞으로 나아가게 되지만, 지금 너무 늦었다고 생각하면 그 자리에 주저앉게 되고 맙니다.

주저앉아 있으면 때로는 그게 더 편합니다. 그래서 지금도 늦지 않았다고 생각하기보다 지금은 너무 늦었다고 생각하는 경우가 더 많습니다. 그러나 언제까지 편하게 주저앉아 있을 수는 없습니다. 인생은 내가 원하든 원하지 않든 앞으로 나아가게 되어 있기 때문에 자칫 최악의 경우를 맞이할 수 있습니다.

최악의 경우는 미리 생각해보는 게 좋습니다. 늦었다고 생각되는 현재를 다시 준비하거나 개선할 수 있는 계기가 마련될 수 있습니다. 그런 최악의 경우를 오게 해서는 안 되겠다, 지금의 최악을 최선으로 개선하겠다는 강한 의지를 불러일으킬 수 있습니다. '최악일 때 오히려 최고의 기회라고 생각하라'라는 게 바로 그런 까닭입니다.

우리나라 '빵의 황제'로 불리는 김영모 제과제빵 명장은 군 복무 중에 카네기가 쓴 《걱정으로부터의 자유》에서 '최악의 경우를 생각하라'라는 글을 읽고 힘을 내었다고 합니다. 그 글이 제대 후에도 힘을 내게 해 열심히 제빵 공부를 할 수 있었다고 합니다.

고려 때 중국에서 붓두껍에 목화씨를 숨겨온 문익점은 최악의 경우를 미리 생각했습니다. 목화씨 열 개 중 다섯 개는 장인 정천익에게 심게 하고, 나머지 다섯 개는 자신이 심었습니다. 그런데 그가 심은 목화씨는 다 썩어버렸습니다. 장인이 심은 목화씨도 네 개가 썩고 오직 한 개만이 싹을 틔우고 꽃을 피웠습니다.

그리고 이 한 개의 목화씨에서 다시 백 개의 목화씨를 얻었습니다. 만일 문익점이 최악의 경우를 생각하지 않고 혼자 열 개를 다 심었다면 어떻게 되었을까요. 아마 그의 노력은 헛된 일이 되고, 우리 선조들은 오랫동안 솜옷을 입지 못한 채 혹한에 떠는 삶을 살았을 것입니다.

최악의 경우를 미리 생각한다는 것은 지금도 늦지 않았다는 희망을 가지게 해줍니다. 이미 늦었다고 생각하는 것은 바로 절망하는 것입니다. 이제 끝났다고 생각하는 순간에도 희

망은 바로 옆에 있습니다. 지금도 늦지 않았다고 생각하는 것
은 바로 희망과 용기를 가지는 일입니다.

인생의 길가엔 수많은 꽃들이 피어납니다. 그 꽃들을 가만
히 들여다보면 피어나기에 이제 너무 늦었다고 생각하며 피
어난 꽃은 없습니다. 지금도 늦지 않았다고 생각하며 피어납
니다.

무엇을 시작하기에 충분할 만큼
완벽한 때는 없습니다

‘나는 영어가 좀 부족하다. 영어 공부를 좀 열심히 해야 할 필요가 있다. 단어와 숙어를 하루에 몇십 개씩 외워야겠다. 가능한 한 문장을 통째 외우도록 하자.’

만일 여러분 중 누가 이런 생각을 했다면 어떻게 하면 좋을까요? 지금 당장 시작해야 합니다.

‘영어를 집중적으로 공부하긴 해야 하는데 아직은 때가 아니야. 국어도 수학도 해야 하잖아. 곧 겨울방학이니까 기다렸다가 그때 시작하자.’

이렇게 생각하고 겨울방학 때를 기다리면 안 됩니다. 지금이 바로 그때입니다. 뒤로 미룰 필요가 없습니다. 영어 공부를 시작하기에 좋은 완벽한 때는 없습니다. 그런 생각을 한 지금이 바로 완벽한 때입니다.

저는 시를 쓰기 위해 항상 메모를 많이 합니다. 그런데 메모는 메모일 뿐 시가 아닙니다. 메모를 바탕으로 시를 써야 시가 탄생됩니다.

그렇다면 메모를 바탕으로 언제 시를 쓸까요? 시를 쓰기 좋은 기회를 엿볼까요? 아무런 약속도 없고 시를 쓸 만큼 몸과 마음의 상태가 아주 좋은 완벽한 때를 기다릴까요? 아닙니다. 시를 써야지 하고 생각한 바로 그때 써야 합니다. 그러지 않으면 시를 쓸 수가 없습니다.

시를 쓰기 좋은 완벽한 때는 주어지지 않습니다. 뒤로 미루지 않고 시를 씀으로써 완벽한 때가 만들어질 뿐입니다.

'무엇을 시작할 만큼 완벽한 때는 없다'는 영화 〈아비정전〉으로 유명한 홍콩의 영화감독 왕가위가 한 말입니다. 그는 시나리오도 완성되지 않았는데 늘 캐스팅을 하고 영화 촬영에 들어갔습니다. 영화 촬영을 하기 위해서는 가장 먼저 시나리오가 완성돼야 하는데 왕감독은 시나리오가 완성되기를 기다리지 않았습니다.

그래서 한 기자가 그를 인터뷰하면서 '왜 좀 더 완벽하게 준비해놓고 시작하지 않느냐' 하고 물었습니다. 왕감독은 '무언가를 시작하기에 충분할 만큼 완벽한 때라는 것은 없다'라고 대답했습니다.

평소 무슨 일을 시작하려면 그 일에 대한 준비가 철저해야 한다고 믿어온 저로서는 왕감독의 말을 받아들이기 어려웠습니다. '그래도 철저하게 준비부터 하는 게 나아' 하고 왕감독의 말을 무시했습니다.

그런데 언젠가부터 왕감독의 말에 공감하게 되었습니다. 무엇을 시작하기 위해 준비하는 그 자체가 이미 그 일을 시작한 것이라는 생각이 들었습니다. '아직 그 일을 시작한 게 아니야. 준비하고 있을 뿐이야'라고 하더라도 그 일은 이미 시작된 것이었습니다. 그래서 요즘은 어떤 일을 준비하거나 시작할 때 왕감독의 말이 제게 큰 용기를 줍니다.

'그래, 준비가 시작이야. 일단 시작해놓고 보는 거야. 때론 그런 용기가 필요한 거야!'

이렇게 생각하면, 하고 있는 일에 자신감이 붙고 기대감이 더 커집니다.

시인들이 '시가 내게로 찾아왔다'라고 말하는 경우가 있습니다. 그러나 저는 시가 제게로 찾아오는 경우는 거의 없습니다. 제가 시에게로 찾아갈 뿐입니다.

시가 완성될 만큼 완벽한 때란 제가 기다린다고 해서 찾아오지 않습니다. 만일 그러한 때를 기다리고 있었다면 저는 시를 쓰지 못했을 것입니다. 처음부터 시가 써질 수 있는 완벽한 때를 기다려서 써진 시는 한 편도 없습니다. 수없이 많은 시작

메모가 정리돼 있더라도 일단 제가 시를 찾아가야만 시는 써졌습니다.

제 시 〈허허바다〉를 노래로 만든 우리 시대의 노래꾼 장사익 씨는 오선지 위에 직접 음표를 그려가며 작곡할 줄 모릅니다. 어떤 시를 읽다가 감흥이 와 노래로 만들고 싶으면 그냥 입으로 읊조리고 기억하는 과정을 되풀이해서 노래를 만듭니다. 아마 그는 그 곡조를 수백 번 아니, 수천 번은 더 되풀이하다가 다른 사람의 도움을 통해 악보로 채록할 것입니다.

따라서 장사익 씨의 좋은 노래도 처음부터 작곡할 준비가 다 된 상태에서 만들어진 게 아닙니다. 좋은 노래가 될지 안 될지 모르는 상태에서 만들어진 것입니다. 만일 그걸 모른다고 해서 마냥 기다리고만 있었다면 좋은 노래는 탄생되지 않았을 것입니다.

결국 왕가위 감독의 말은 먼저 행동하는 게 중요하다는 뜻입니다. 다 준비해놓고 시작해도 상관은 없지만 시작하면서 준비해도 괜찮다는 것입니다. 꽃이 보고 싶은 순간에 꽃씨를 뿌리면 이미 늦은 거라며 아예 뿌리지 않는다면, 보고 싶은 꽃은 영영 볼 수 없습니다. 지금은 꽃을 볼 수 없지만 일단 꽃씨를 먼저 뿌리는 게 중요합니다.

다 준비해놓고 시작하면 어떤 경우엔 이미 늦을 수도 있습니다. 메아리를 듣고 싶다면 먼저 산에 가서 목소리를 내어야 합니다. 산에 갈까 말까, 간다면 언제 가는 게 좋을까 하고 준비하는 데 시간을 다 보낸다면 메아리를 들을 수 없습니다.

우리는 너무 많이 생각하고 준비하다가 정작 행동해야 할 순간에 행동하지 못하는 경우가 많습니다. 두레박이 물을 긷기 위해서 우물 속으로 서슴없이 들어가듯, 먼저 행동하는 결단이 필요할 때가 있습니다.

꿀 한 숟가락은 벌 한 마리가 4200번가량 꽃을 왕복해야 얻을 수 있습니다. 만일 벌이 꽃을 찾아 날아가는 행동을 먼저 하지 않고 '어떻게 하면 꿀을 딸 수 있을까' 하고 생각하는 시간이 더 길다면 꿀을 따기 힘들 것입니다. 벌도 먼저 행동하기 때문에 꿀을 딸 수 있습니다.

광야의 양들이 해 뜨기 전에 일어나 부지런히 움직이는 것도 새벽이슬을 먹기 위해서입니다. 해가 떠 이슬이 사라져버리면 몸에 꼭 필요한 수분을 얻을 수 없습니다. 그런데 어떤 양이 '해가 뜨기 전에 일어날까 말까' 망설이기만 한다면 이슬을 먹지 못해 늘 목마름에 시달릴 겁니다.

"시도하기 전엔 내가 무엇을 이룰 수 있을지 모른다."

호주에서 유전 질환으로 팔다리 없이 태어난 닉 부이치치는 '사랑나눔재단' 초청으로 방한했을 당시 한 강연회에서 이런 말을 남겼습니다.

2002년 노벨물리학상을 받은 일본의 천체물리학자 고시바 마사토시 교수도 "해보지 않으면 무슨 일이 일어날지 모른다"라고 말했습니다. 이는 "할 수 있는 일이 무엇인지를 찾아서 두려워하지 말고 해보라"라는 것입니다.

현대그룹 창업주 정주영 회장의 '해봤어 정신'은 사원들이 어떤 어려움을 이야기할 때 "해보긴 해봤어?" 하는 데서 비롯되었습니다. 해보지 않고 어렵다고 말하지 말라는 겁니다. 결국 먼저 도전해보는 것이 중요하다는 것입니다.

한 일에 대한 후회보다도 하지 않은 일에 대한 후회가 훨씬 더 클 때가 많습니다. 그러나 일단 먼저 행동하고 최선을 다하면 됩니다. 먼저 행동한다는 것은 노력한다는 것이며, 노력한다는 것은 최선을 다한다는 것입니다.

물이 먹고 싶어 물그릇을 찾을 때, 내가 찾는 물잔을 찾을 수 없다고 물을 마시지 않는 것보다는 밥그릇이든 국그릇이든 일단 물을 따라 마시는 편이 더 낫습니다. 내가 원하는 그릇이 아니더라도 일단 물을 담아 마심으로써 갈증을 해소하는 게 바로 최선을 다하는 것입니다.

처음부터 완벽하게 이루어지는 인생은 없습니다. 인생에 완성이 있다면 하루하루 열심히 살아가는 그 자체일 것입니다. 인생은 완성하는 데에 있지 않고 성장하는 데에 있습니다. 지금 무언가 시작하고 싶으면 완벽한 때를 기다리지 않는 게 좋습니다.

다람쥐는 작지만 코끼리의 노예가 아닙니다

“저 도토리 같은 놈은 누구냐?”

대학에 갓 입학했을 때 한 선배 시인이 저를 두고 한 말입니다.

“저 밤톨 같은 놈!”

그 무렵 어느 시인들의 모임에서 누군가가 저를 보고 한 말입니다.

저는 키가 작아 남한테 가끔 그런 말을 듣습니다. 이 말을 좋게 받아들이면 ‘도토리처럼 작지만 제법 똑똑하고 야무져 보인다, 앞으로 기대할 만하다’라는 뜻으로 생각할 수 있습니다. 그렇지만 좋지 않게 받아들이면 ‘도토리만 한 게 하는 짓이 좀 건방져 보인다’ 하고 비하하는 말로도 생각할 수 있습니다.

그럴 때마다 저는 도토리를 주식으로 삼는 다람쥐를 떠올리면서 ‘다람쥐는 작지만 결코 코끼리의 노예가 아니다’라는 말을 되새겼습니다.

‘그래, 난 도토리다. 그렇지만 너희보다 더 좋은 시인이 될 거야. 나중에 한국시문학사에 남을 그런 시인이 될 거야. 한

알의 도토리가 땅에 떨어져 커다란 참나무로 자라는 거야!'

지금 돌이켜보면 좀 부끄럽지만 도토리라는 말을 들을 때마다 그런 생각을 했습니다. 도토리처럼 작다고 해서 저 자신을 결코 남보다 낮추어 보지 않았습니다.

산속에 사는 참나무는 한 알의 작은 도토리에서 비롯됩니다. 다람쥐가 겨우내 먹으려고 땅을 파서 넣어둔 도토리가 자라 큰 참나무를 이룹니다.

잣나무도 마찬가지입니다. 다람쥐 한 마리가 겨우내 식구들과 먹으려고 땅속에 저장해둔 작디작은 한 알의 잣이 크나큰 잣나무로 자랍니다.

다람쥐는 도토리를 열 개 파묻어놓으면 한두 개 정도밖에 찾아먹지 못한다고 합니다. 일부러 그러는 것은 아니지만 인간 입장에서 보면 얼마나 고마운 일인지 모릅니다. 다람쥐가 도토리를 미처 찾아먹지 않았기 때문에 우리나라 산에는 참나무가 많습니다. 우리가 나무를 심지 않아도 산에 나무가 많은 것은 다람쥐 덕분입니다. 다람쥐가 산에 나무를 심는 것입니다.

한번은 섬진강가 참나무 아래에서 김용택 시인과 이런저

런 이야기를 나누고 있는데, 다람쥐 한 마리가 입에 도토리를 물고 참나무 위로 조르르 올라가는 게 눈에 띄었습니다. 그러자 김용택 시인이 "다람쥐들은 자기가 먹으려고 모아둔 도토리에다 가끔 똥을 눈다. 그러면 도토리가 그 다람쥐 똥을 먹고 자라 나중에 큰 참나무가 된다"라는 말을 했습니다.

이렇게 다람쥐는 아무리 작아도 자기가 해야 할 일을 다 하는 주체적 존재입니다. 작다고 해서 코끼리 같은 큰 동물의 노예가 아닙니다. 다람쥐는 다람쥐로서 해야 할 일이 있고, 코끼리는 코끼리로서 해야 할 일이 있습니다.

코끼리가 다람쥐처럼 나무 위로 올라가 도토리 같은 나무 열매를 따먹을 수 없습니다. 다람쥐도 코끼리처럼 등에 사람을 태우거나 무거운 짐을 올려놓을 수 없습니다.

기원전, 로마와 대항해 싸우던 카르타고의 한니발 장군은 코끼리를 타고 알프스 산맥을 넘어 전쟁을 치렀습니다. 그러나 다람쥐는 사람을 태우고 전쟁터에 나갈 수 없습니다. 다람쥐는 다람쥐대로 코끼리는 코끼리대로 각자 주어진 역할과 능력대로 살아가는 주체적 존재일 뿐입니다.

동화작가 권정생 선생이 쓴 동화《강아지똥》에 보면, 강아지똥은 이 세상에 아무 쓸모없이 태어났다고 슬퍼합니다. 그러나 자신을 영양분 삼아 샛노랗게 피어난 민들레를 보고 자신이 쓸데없이 태어나지 않았다는 것을 알게 됩니다. 자신이 아름다운 꽃을 피울 수 있을 만큼 소중한 존재임을 깨닫게 됩니다. 그래서 어느 비 오는 날에 민들레 뿌리 속으로 스며들어가면서 자기 자신을 사랑하게 됩니다.

저도 남들이 아무리 '도토리 같은 놈' '밤톨 같은 놈'이라고 해도 저 자신을 그렇게 생각하지 않습니다. 그 도토리가 키워내는 늠름한 참나무와 같은 존재로 생각합니다. 만일 내가 나를 도토리로 생각한다면 나는 그만 도토리 같은 존재가 되고 맙니다.

아무리 자신이 보잘것없다고 여겨지더라도 권정생 선생의 동화에 나오는 강아지똥처럼 자신의 존재가치를 발견하고 자신을 먼저 사랑할 줄 알아야 합니다.

자신을 사랑해야 남도 사랑할 수 있습니다. 자신을 사랑하지 않고 다른 사람을 사랑하는 사람은 사랑할 줄 모르는 사람입니다. 그리고 자신을 사랑하더라도 지금 현재의 자신을 사랑하는 게 중요합니다. 미래의 나를 사랑하는 일 또한 오늘의 나를 사랑하는 일을 통해서만 가능합니다.

　누가 나를 보잘것없는 존재로 여기더라도 스스로는 그렇게 여기지 않기를 바랍니다. 내가 아무리 다람쥐만 하더라도 코끼리의 노예는 아닙니다.

천하에 가장 용맹스러운 사람은
남에게 질 줄 아는 사람입니다

어릴 때 형하고 같이 밥을 먹다가 형의 얼굴을 주먹으로 힘껏 갈겨버린 일이 있습니다. 형이 제 코가 못생겼다고 장난삼아 놀렸는데, 그만 그걸 못 참고 형의 얼굴을 주먹질해버린 겁니다. 저는 덜컥 겁이 났습니다. 마주 앉아 같이 밥을 먹다가 형에게 주먹을 휘둘렀으니 어떻게 되겠습니까. 형한테 호되게 얻어맞든지 밥상이 엎어지든지 무슨 일이 나도 날 판이었습니다.

그런데 형이 허허 웃고 말더군요.

"야, 그만 밥 먹자, 미안하다."

형은 화를 내기보다 주먹질을 해놓고 제바람에 놀라 씩씩대는 저를 오히려 달래주었습니다.

저는 속으로 '아이고, 살았다!' 싶었습니다.

"얘가 미쳤나? 형한테 이게 무슨 짓이고?"

오히려 엄마가 화가 나서 저를 야단치셨습니다.

저는 그때 중학생이었고, 형은 의과대학생이었습니다. 중학생인 동생이 대학생인 형을 주먹으로 친다니, 그것도 같이 밥을 먹다가 그런 짓을 저지른다니 상상도 할 수 없는 일이었습니다.

그때 형이 얼마나 고마웠는지 모릅니다. 제가 동생한테 그렇게 맞았다면 아마 가만히 있지 않았을 겁니다. 그래서 저는 그 이후로 형의 말이라면 더 잘 듣고, 형을 따르고 존경하는 동생이 되었습니다. 지금도 형을 만나면 그때 형이 보여준 너그러운 마음이 고맙게 생각됩니다.

그때 이후 단 한 번도 그 일을 얘기하지 않는 것으로 보아 형은 그 일을 잊은 것으로 여겨지지만 저는 단 한 번도 잊은 적이 없습니다.

남한테 지고 싶은 사람이 있을까요. 아마 아무도 없을 겁니다. 무엇이든 남한테 이기고 싶은 게 사람의 본성입니다. 사람들이 다들 고통스럽게 사는 것도 어쩌면 남한테 이기기 위해 살고 있기 때문인지도 모릅니다. 우리나라 속담에 '사촌이 논을 사면 배가 아프다'라는 말이 있는데 왜 배가 아플까요? 바로 가까운 이들한테 지고 싶지 않아 샘이 나는 마음 때문입니다.

나와 상관없는 사람이 잘되는 것은 아무렇지도 않습니다. 그런데 나와 친한 사람이 잘되는 것을 보면 질투심이 생깁니

다. 공연히 상대방을 미워하고 인정하지 않게 됩니다. 상대적
으로 내가 못났고 열등하다고 느껴지기도 합니다. 저 역시 지
고 싶지 않기 때문에, 어디까지나 이기고 싶기 때문에 사는 게
이렇게 힘든지도 모릅니다.

예전에는 제가 형의 뺨을 때렸지만 이제는 다른 사람들이
제 뺨을 때립니다. 제가 사랑하는 이들이, 저와 가장 가까운
이들이 제 뺨을 때립니다.

그럴 때마다 저는 형의 너그러운 미소를 떠올려봅니다. 자
비무적慈悲無敵, 남을 가엾게 여기고 사랑하면 적이 생기지 않
는다는 말도 떠올려봅니다. 자비로운 사람은 적이 없습니다.
남에게 지기 위해서는 무엇보다 자비로운 마음을 늘 지니고
있어야 합니다. 자비로운 마음만 있다면 남이 나에게 잘못해
도 얼마든지 질 수 있습니다.

꼭 이겨야만 이기는 게 아닙니다. 세상 사람들은 꼭 이겨야
행복한 줄 압니다. 남을 누르고 남보다 앞장서야 행복한 줄 압
니다. 그러나 꼭 그렇지만은 않습니다. 지는 이에게도 이김의
기쁨을 주는 행복이 있을 수 있습니다. 내가 짐으로써 상대방
으로 하여금 좌절의 눈물을 흘리지 않도록 했다는 위로를 얻

을 수 있습니다. 진 것이 곧 이긴 것이 될 수 있습니다.

누구나 다 이기기만을 원하고 앞장서기만을 원한다면 아무도 이기거나 앞장설 수 없습니다. 비록 나를 이기기 위해 다른 사람이 나를 해쳐도, 나를 앞장서기 위해 다른 사람이 나를 무시해도 나 나름대로의 기쁨은 있습니다. 바로 남을 이해하고 사랑하는 데서 오는 기쁨입니다.

그 기쁨을 통해 남한테 졌다고 마음 아파할 필요는 없습니다. 그 기쁨을 받아들이고 고이 간직해야 합니다. "이기기 위해서는 먼저 질 줄 알아야 한다" 하고 스스로를 달래야 합니다.

부처님께서는 "나를 해치는 자를 가장 높이 받들라"라고 하셨습니다. 아마 그래서 성철스님이 "천하에 가장 용맹스러운 사람은 질 줄 아는 사람이다. 무슨 일에든지 남에게 지고 밟히고 하는 사람보다 더 높은 사람은 없다"라고 말씀하셨는지도 모릅니다.

우리는 항상 남을 이기면서 살아갈 수는 없습니다. 이기고 싶어도 지면서 살아갈 때가 더 많습니다. 가장 큰 승리는 결국 자신을 이기는 것입니다. 이 승리는 한 도시를 점령하는 것보다 더 어렵습니다. 남에게 지기 위해서는 먼저 자신에게 이기지 않으면 안 됩니다. 자신을 이기기 위해서는 무엇보다 남을 이해하고 포용하는 마음이 필요합니다. 강한 인내심과 용서하는 마음 또한 있어야 합니다. 그래서 남에게 질 줄 아는 사람이 가장 용맹스럽다고 하신 것입니다.

고통은 생명입니다.
고통이 없기를 바란다는 것은 죽기를 바란다는 뜻입니다.

4부

비바람과 눈보라

모든 벽은 문입니다

영화 '해리 포터' 시리즈를 떠올리면 결코 잊지 못할 장면이 하나 있습니다. 열한 살 고아 소년 해리가 '호그와트 마법학교'에 입학하기 위해 런던 킹스크로스 역 벽 속으로 들어가는 장면입니다. 아무도 들어갈 수 없는 차단된 벽 속으로 해리가 카트를 밀고 성큼 들어서자 마법학교행 특급열차를 기다리는 아이들이 승강장에서 왁자지껄 떠들고 있었습니다. 저로서는 전혀 상상하지 못한 충격적인 장면이었습니다.

그것은 벽이 문이 되는 장면이었습니다. 저는 그 장면을 보고 모든 벽 속에는 문이 있다는 사실을 분명히 알게 되었습니다. 벽은 항상 굳게 막혀 이곳과 저곳을 완전히 차단함으로써 그 존재가치를 지닙니다. 그런데 그 안에 또 다른 세상으로 나갈 수 있는 출입구가 존재한다는 사실은 제 인생의 벽에 대해서도 깊게 생각하게 해주었습니다.

해리 포터의 작가 조앤 롤링에게도 '해리 포터' 시리즈는 인생의 벽 앞에서 작가 자신이 연 용기의 문이었습니다. 그녀는 이혼 후 어린 딸을 데리고 살다 생활고에 시달린 끝에 자살까지 생각할 정도로 인생의 벽 앞에 서 있었습니다. 그러나

‘해리 포터’를 씀으로써 벽을 문으로 만들었습니다.

누구의 인생에든 벽은 있습니다. 여러분 앞에는 공부의 벽, 대학 진학의 벽, 졸업의 벽, 취업의 벽, 나아가 만남과 사랑의 벽 등이 가로놓여 있습니다. 이 벽 앞에서 여러분은 어떡하실 건가요?

먼저 벽 속에는 문이 있다고 생각하는 게 중요합니다. 벽을 벽이라고만 생각하면 벽밖에 보이지 않습니다. 하지만 벽 속에 문이 있다고 생각하면 문이 보입니다. 불가능한 일을 가능하다고 생각하면 결국 가능의 문이 보입니다. 벽 속에 있는 문을 보는 마음의 눈만 있으면 누구의 벽이든 문이 될 수 있습니다.

그 문은 그리 클 필요도 없습니다. 나의 마음 하나만 빠져나갈 정도로 작아도 됩니다. 좁은 문이라도 열고 나가기만 하면 넓은 희망의 세상이 기다리고 있습니다.

저도 제 인생의 벽을 문으로 만들려고 노력한 적이 있습니다. 제 꿈은 인생의 시간을 오로지 책을 읽고 글을 쓰는 일에 사용하게 되는 것이었습니다. 그래서 잘 다니던 직장을 두 번이나 그만두었습니다.

그건 쉬운 일은 아니었습니다. 늘 생계라는 벽에 가로막혀 그 벽을 뚫고 나갈 용기가 없었습니다. 그래도 나이 마흔이 넘어 사라져가는 그 꿈을 찾아, 가족들이 한사코 말리는데도 직장을 그만둔 뒤 책을 읽고 글을 쓰는 일에 몰두했습니다. 지금 생각해보면 그렇게 벽 속에 있는 문을 열고 나왔기 때문에 오늘의 제가 있는 게 아닌가 싶습니다.

하늘의 제왕 독수리가 삶의 벽 앞에서 문을 여는 존재로 거듭나 인간과 비슷한 수명을 살게 되는 우화를 들려드리겠습니다.

30년을 좀 넘게 산 독수리가 있었습니다. 무뎌진 부리가 자라 목을 찔렀고, 날개의 깃털이 무거워져 날지 못했습니다. 날카롭게 자란 발톱마저 살을 파고들어 죽을 수밖에 없는 위기에 놓였습니다. 독수리는 이대로 죽을 것인가 아니면 뼈를 깎는 고통의 과정을 밟아 새롭게 태어날 것인가 선택을 해야 했습니다. 결국 새로운 삶을 선택하기로 결정했습니다. 6개월 정도는 먹는 것도 포기한 채 혹독한 고통의 과정을 견뎌내기로 했습니다.

독수리는 높은 산정에 둥지를 틀고 그날부터 암벽에 수없이 부리를 쳐 깨뜨리는 아픔의 시간을 보내기 시작했습니다. 부리를 다 깨뜨린 뒤에는 새 부리가 날 때까지 기다리는 인내의 시간을 보내야 했습니다. 고통 속에 새로운 부리가 나자 발톱을 모두 뽑아낸 뒤 새 발톱이 자랄 때까지 또 기다려야 했습니다. 발톱이 모두 자라자 이번에는 날개의 깃털을 뽑아냈습니다. 독수리는 새 깃털이 자라 날개짓을 할 수 있을 때까지 또 기다렸습니다.

참으로 견뎌내기 힘든 고통의 과정이었습니다. 그 과정이 얼마나 고통스러운지 독수리의 몸은 피범벅이 되었습니다. 그런데도 독수리는 그 고통의 벽 앞에서 자신을 전부 새롭게 갈고 결국 새 삶의 문을 열었습니다. 늙음과 죽음의 벽 앞에서 스스로 삶의 문을 열었습니다. 이제 독수리는 인간과 비슷한 수명을 누리는 새 삶을 살게 되었습니다.

우리는 오늘이라는 벽 앞에서 내일이라는 새로운 삶을 위해 우화 속 독수리처럼 선택과 결단의 문을 열어야 할 때가 있습니다. 그럴 때는 반드시 독수리와 같은 고통과 인내의 과정이 필요합니다.

2007년에 말기암으로 6개월 시한부 삶을 살면서도 '마지막 강연'이라는 동영상을 통해 전세계인에게 희망과 사랑의 메시지를 던진 미국의 랜디 포시 교수는 인생의 벽에 대해 이렇게 말했습니다.

"벽이 있다는 것은 다 이유가 있다. 벽은 우리가 무언가를 얼마나 진정으로 원하는지 가르쳐준다. 무언가를 간절히 바라지 않는 사람은 그 앞에 멈춰 서라는 뜻으로 벽은 있는 것이다."

결국 인생의 벽을 절망의 벽으로만 생각하면 그 속에 있는 희망의 문을 발견할 수 없다는 뜻입니다.

문 없는 벽은 없습니다. 모든 벽은 문입니다. 벽은 문을 만들기 위해 존재합니다. 벽 없이 문은 존재할 수 없습니다.

지나간 1분은 세상의 돈을 다 주어도 사지 못합니다

고향에 살면서 호수에 조약돌 던지는 일로 하루해를 보내는 한 소년이 있었습니다. 소년은 그렇게 호수에 돌을 던지면서 평생을 살았습니다.

그런데 어느 날 돌멩이를 던지는데 햇살에 돌멩이가 반짝 황금빛으로 빛났습니다. 깜짝 놀라 자세히 살펴보니 그것은 금덩어리였습니다. 소년은 그동안 돌멩이가 아니라 금덩어리를 호수에 던진 것이었습니다. 바로 시간이라는 금덩어리였습니다.

시간의 소중함을 나타내는 이 이야기가 잊히지 않습니다. 제가 바로 그 소년이기 때문입니다. 저도 그 소년처럼 시간이라는 금덩어리를 돌멩이인 줄 알고 아무 데나 내던지고 살아왔습니다.

도대체 시간 귀한 줄 몰랐습니다. 10대 때는 빨리 20대 청년이 되고 싶었고, 20대 때는 군 복무를 마치고서도 시간이 가지 않아 빨리 30대가 되고 싶었습니다. 그런데 그렇게 가지 않던 시간이 40대가 되자 차차 속력을 내기 시작하더니 60대가 되자 10년이 1년처럼 급속도로 지나가버렸습니다.

저는 10대 여러분이 정말 부럽습니다. 여러분은 시간의 부자입니다. 저도 그런 때가 있었는데, 시간이 아무 소리 없이 아무도 알아차리지 못하게 흘러간다는 사실을 몰랐습니다. 시간의 부자는 그 무엇보다 시간을 아껴야 합니다. 그것도 부자일 때 더 아껴야 합니다.

한번 지나간 시간은 다시는 되돌아오지 않습니다. 한번 흘러간 강물이 다시는 되돌아오지 않듯이 시간 또한 한번 지나가면 그만입니다. 지나간 1분은 세상의 돈을 다 주어도 사지 못합니다. 누가 시간을 판다면 제가 지닌 모든 것을 다 주고서라도 사고 싶습니다. 그러나 세상에 누가 시간을 사고 팔 수 있겠습니까. 이 세상 모든 것을 다 사고 팔 수 있어도 오직 시간만은 그럴 수 없습니다.

시간은 그저 누구에게나 공평하게 주어질 뿐입니다. 시간이 바로 인간이며, 시간이 바로 인생입니다. 인생은 두루마리 화장지와 같아서 끝으로 갈수록 더 빨리 없어집니다. 우리는 화장실을 사용하다가 화장지를 다 써버린 줄 미처 모르고 당황하는 순간이 있습니다. 그 순간이 바로 우리의 목숨이 다한 순간입니다.

볼펜을 쓰다 보면 정작 중요한 것을 써야 하는데 잉크가 떨어져 쓸 수 없을 때가 있습니다. 우리의 인생도 볼펜에 든 잉크처럼 정작 중요한 때에 시간이 다할 수 있습니다. 그래서 인생은 아침 이슬과 같고, 반짝 일어났다가 한순간에 사라지는 부싯돌의 불꽃과 같다고 합니다.

10대 때 읽은 어떤 책에 "인생은 짧다. 어느 정도 짧은가. 작은 새 한 마리가 이 나뭇가지에서 저 나뭇가지로 휙 날아가는 순간처럼 짧다"라는 말씀이 있었습니다. 그때는 그 말씀을 이해하지 못했습니다. 그저 인생은 짧은가 보다 하고 생각했습니다. 그런데 지금은 제가 생각하는 것보다 인생이라는 시간이 너무나 짧다고 생각합니다. 밤하늘의 별똥별이 떨어지는 그 짧은 순간이 바로 제 인생의 시간이라는 생각이 듭니다.

그래도 인생의 가장 큰 선물은 바로 시간입니다. 인생에서 가장 소중한 것을 하나 손꼽으라면 그것 또한 시간입니다. 시간은 어디에 모아두었다가 필요할 때 조금씩 꺼내 쓸 수 있는 게 아니기에 더욱 소중합니다. 시간은 저축도 안 되고 대출도 안 됩니다. 시간에 이자를 붙여 대출해주는 '시간 은행'이 있다는 얘기는 들어본 적이 없습니다.

인생은 시간입니다. 그것도 물리적인 시간입니다. 똑같이 주어진 물리적인 시간이라고 해서 다 똑같은 시간은 아닙니다. 물리적인 시간을 절대적인 시간으로 바꾸면 그 시간의 의미와 가치는 달라집니다. 누구에게나 공평하게 주어진 그 시간을 절대적인 시간으로 만들면 그 시간은 자기만의 생명을 지닌 시간이 됩니다.

그렇지만 시간은 결코 나를 위해 기다려주는 법이 없습니다. 오히려 내가 시간을 기다려야 합니다. 기다렸다가 적극적으로 나의 것으로 만들어야 합니다. 그렇게 하기 위해서는 지금부터라도 시간을 아껴야 합니다. 더 이상 무가치한 일에 시간을 낭비하지 말아야 합니다.

금덩어리 같은 인생이라는 시간을 돌덩어리로 만들지 않기 위해서는 단 1초의 시간이라도 소중히 여겨야 합니다. 인생은 나에게 정해진 시간 동안 얼마나 열심히 사느냐 하는 것일 뿐입니다. 시간은 바로 나의 생명이며, 시간이 흘러간다는 것은 바로 나의 생명이 소멸되어간다는 의미입니다.

유대인의 경전 《탈무드》에서는 시간은 흘러가는 게 아니라

고 말합니다. '시간은 멈추어 있을 뿐, 흘러가는 것은 인생'이
라고 말합니다. 시간은 이미 영원히 현재에 존재하고 있을 뿐,
다만 사라지는 것은 나의 인생일 뿐입니다.

사람은 실패를 통해 다시 태어납니다

한 강사가 많은 사람이 모인 강연장에서 열변을 토하고 있었습니다. 그런데 갑자기 그가 호주머니에서 100달러짜리 지폐 한 장을 꺼내 높이 쳐들고 말했습니다.

"이 돈을 갖고 싶으신 분 손 한번 들어보십시오."

그러자 강연장에 참석한 사람이 거의 다 손을 들었습니다.

강사는 청중을 쭉 훑어보다가 다시 말을 이었습니다.

"저는 오늘 여러분 중 한 분에게 이 돈을 아무 조건 없이 그냥 드리겠습니다. 그런데 드리기 전에 제가 이 돈을 좀 더럽히겠습니다."

그는 갑자기 쳐들었던 100달러 지폐를 바닥에 던지고는 구둣발로 마구 짓밟았습니다. 그러고는 그 돈을 다시 높이 집어들고 사람들에게 말했습니다.

"제가 이렇게 마구 구기고 짓밟았습니다. 그래도 그냥 드린다면 받으시겠습니까? 이 돈을 갖고 싶으신 분 손 한번 다시 들어주세요."

또다시 대부분의 사람들이 손을 들었습니다. 그러자 강사가 다시 힘찬 어조로 말을 이었습니다.

"그렇습니다. 여러분의 선택이 옳습니다. 제가 아무리 이 돈을 발로 짓밟고 구기고 해도 그 가치는 전혀 줄어들지 않습니다. 여러분도 인생이라는 무대에서 여러 번 바닥에 떨어지고 짓밟히고 더러워지는 일이 있습니다. 실패라는 이름으로, 또는 패배라는 이름으로 말입니다. 그런데 그런 아픔을 겪으면 사람들은 대부분 자신을 쓸모없는 사람이라고 낮추어 평가해 버립니다. 그렇지만 오늘 여러분이 스스로 증명해 보였듯이 실패를 했다 하더라도 당신의 가치는 여전합니다. 마치 구겨지고 짓밟혀도 여전히 자신의 가치를 지니고 있는 이 100달러 지폐처럼 말입니다. 실패는 두려워할 것이 못 됩니다. 오히려 더 풍부한 지식으로 다시 일을 시작할 좋은 기회가 될 수 있습니다."

어느 강연자의 이야기를 우화 형식으로 정리해보았습니다.
여기에서 100달러짜리 지폐가 구겨지고 짓밟힌다는 것은 실패를 의미합니다. 그러나 아무리 구겨지고 짓밟혀도 지폐의 가치는 그대로입니다. 50달러나 10달러로 그 가치가 내려앉거나 없어지는 게 아닙니다.

이는 살아가면서 어떤 일에 실패했다고 해서 나 자신의 가치가 상실되거나 없어지는 게 아니라는 뜻입니다.

우리는 수많은 실패를 경험합니다. 삶이란 수많은 실패에 의해 이루어집니다. 그 누구도 실패 없는 삶은 살 수가 없습니다. 누구나 되풀이되는 실패 속에서 오늘 하루를 삽니다. 누가 실패 없는 삶을 살았다고 한다면, 삶을 제대로 살아내지 않았다는 말과 같습니다.

제가 지금까지 살아오면서 실패한 것을 이야기하라면 며칠 밤을 새워도 모자랍니다. 시를 쓰는 일도 실패를 통해 쓰는 것입니다. 저는 시를 쓸 때 수없이 고쳐 씁니다. 시 한 편당 서른 번 내지 마흔 번 정도 고쳐 쓰고 어떤 시는 10년 동안 고쳐 쓰기도 했습니다.

시를 계속 고쳐 쓴다는 것은 계속 실패한다는 것을 의미합니다. 고쳐 쓰고 또 고쳐 쓰다가, 즉 실패하고 또 실패하다가 나중에 초고를 완성합니다. 초고도 최종적으로 완성된 것이 아니기 때문에 실패의 결과물일 뿐입니다.

이렇게 시도 끊임없이 실패라는 과정을 거쳐서 완성됩니다. 여기에서 끊임없는 실패란 노력을 의미합니다. 한 번 고쳐 썼는데도 시가 잘 이루어지지 않는다고 시 쓰기를 포기해버리면 어떻게 될까요. 그러면 시가 탄생되지 않습니다.

여러분도 공부할 때 되풀이해서 읽고 외우고 생각할 겁니다. 되풀이한다는 것은 실패를 되풀이한다는 뜻입니다. 실패를 되풀이하는 과정 속에서 문제를 이해하고 해답을 발견할 수 있습니다.

따라서 실패를 두려워할 필요가 없습니다. 실패 속에 완성이 있고 성공이 있습니다. 실패했다고 해서 모두 다 성공하는 것은 아니지만, 이 세상에 성공한 사람은 모두 실패를 경험한 사람들입니다.

미국의 인터넷 소매 업체인 마더네이처 사에서는 간부 사원을 채용할 때 한 가지 조건을 내겁니다. 그것은 "먼젓번 직장에서 뼈아픈 실수나 실패를 경험한 일이 있어야 한다"라는 조건입니다. '실패'라는 뼈저린 아픔을 겪어본 사람만이 일을 더 잘할 수 있다는 겁니다. 실패를 경험하지 않은 사람보다 경험한 사람 쪽이 더 깊게 생각하고 신중하게 행동함으로써 오히려 실패할 확률을 줄인다는 것입니다.

세계적으로 화제가 되는 '실패박물관'라는 순회 전시가 있습니다. 매번 수십 만 명이 방문한다고 합니다. 그곳엔 다양한 기업의 실패한 제품이 기록, 전시돼 있습니다. 예를 들면 케첩을 만들어 판매하는 하인즈 사에서는 어린이들이 영화 〈슈렉〉을 좋아하자 초록색 케첩을 만들어 성공을 거두었습니다. 그러자 계속해서 식용색소를 이용해 보라색, 파랑색, 주황색 등 여러 색깔의 케첩을 만들어 판매했습니다. 그런데 케첩은 토마토로 만들고 토마토는 붉은색이잖습니까. 결국 붉은색 케첩만 살아남고 나머지 다른 색 케첩은 판매가 되지 않았습니다. 실패한 것입니다. 이렇게 실패한 제품을 전시해놓은 데가 실패박물관입니다.

저는 실패박물관이라는 명칭을 듣고 처음에는 퍽 의아하게 여겼습니다. '아니, 성공박물관을 만들어야지 왜 실패박물관을 만드나, 이건 뭔가 잘못됐다' 하고 생각했습니다.

그런데 그게 아니었습니다. 무엇을 실패했는가를 발견함으로써 성공할 방법을 찾아낼 수 있는 것이었습니다. 실패 속에 성공이 있는 것입니다. 즉 실패가 성공인 것입니다. 뒤집어 말하면 실패 없는 성공은 없습니다.

그런데 대부분의 사람들이 실패해서는 안 된다고 생각합니다. 단 한 번의 실패도 용납하지 않습니다. 설령 실패했더라도 그 실패를 받아들이지 않습니다.

실패를 인정한다는 것은 참으로 중요합니다. 실패를 인정하지 않으면 스스로 일어설 수가 없습니다. 실패는 스스로 인정하는 그 순간 이미 실패가 아닙니다. 실패는 말을 탈 때 발돋움하려고 딛는 노둣돌과 같습니다.

사람은 실패를 통해 다시 태어납니다. 사람은 실패를 통해 거듭날 수 있습니다. 그 누구도 실패 없는 삶을 살 수가 없습니다. 누구나 되풀이되는 실패 속에서 오늘 하루를 살고 있습니다. 누가 실패 없는 삶을 살았다고 한다면 그것은 태어나지도 않고 어머니 뱃속에서 죽은 태아와 같습니다.

따라서 실패를 거듭하는 것도 행운입니다. 실패는 불성실한 사람을 성실한 사람으로 변화시켜줍니다. 실패는 인내력이 부족한 사람을 인내심이 강한 사람으로 성장시켜줍니다. 실패는 숨기면 숨길수록 회복할 수 없을 정도로 병이 깊어지지만 부끄러워하지 않고 스스로 인정하고 드러내면 치유의 기회를 보장해줍니다.

인생 전체를 보면 실패와 성공은 같은 크기이자 같은 무게입니다. 그 어느 것도 가볍거나 무겁지 않습니다. 오늘의 실패는 내일의 성공을 약속합니다. 실패가 있어야 성공이 있습니다.

저는 요즘 저의 실패에게 감사한 마음을 지닙니다. 실패가 없었으면 오늘의 저는 존재하지 않습니다.

이 세상에 실수하지 않는 사람은 아무도 없습니다

실수하지 않고 살아가는 사람이 있을까요? 그런 사람은 존재하지 않습니다. 만일 아무도 실수하지 않는다면 우리는 인간이 아닐 겁니다. 정말 아무도 실수하지 않는다면 너무 완벽해서 사는 게 참으로 답답할 것입니다.

실수 속에 웃음의 꽃이 피고 여유의 강물이 흐릅니다. 실수 속에 평범한 인간의 인간다움을 엿볼 수 있습니다. 우리는 다른 사람의 실수를 통해 나도 저럴 수 있을 것이라 생각하고 너그러워집니다. 다른 사람이 한 실수가 마치 내가 한 실수처럼 느껴져 "으하하" 웃음보를 터뜨리기도 합니다.

저도 크고 작은 수많은 실수를 저지르면서 지금껏 살아왔습니다. 지금까지 실수가 제 삶의 반 이상을 차지한다고 해도 과언이 아닙니다.

대전에 있는 어느 대학 학생들에게 강연을 하기 위해 서울역에서 기차를 탄 날이었습니다. 기차가 한강철교를 지날 때쯤부터 깜빡 졸기 시작했습니다. 한 10분 정도 졸았다고 생각했는데 번쩍 눈을 떠보니까 차창 밖에 '옥천'이라는 표지판 글씨가 보였습니다. 옥천은 대전 아래에 있습니다. 기차는 이미 대전을 지나온 겁니다. 제가 한 시간 넘게 졸았던 것입니다.

깜짝 놀라 당장 기차에서 내리고 싶었지만 달리는 기차에서 내릴 수는 없었습니다. 그다음 정차하는 역까지 가는 수밖에 없었습니다. 그다음 정차 역은 동대구역이었습니다. 동대구역에 내려 다시 대전 가는 기차로 바꿔 탔으나 이미 강연 약속 시간이 한 시간이나 지나버린 뒤였습니다. 그래서 하는 수 없이 "내가 졸다가 대전에 내리지 못했다, 죄송하다" 말하고 강연을 취소했습니다.

제 강연을 듣기 위해 일부러 시간을 내 찾아온 학생들에게 너무 미안했습니다. 어디 쥐구멍이라도 있으면 들어가고 싶었습니다. 그렇지만 어떡하겠습니까. 이미 기차는 대전을 지나버렸고, 저는 졸다가 내리지 못했는데요.

이런 실수는 일일이 예를 다 들 수가 없을 정도입니다. 그중에서도 결코 잊히지 않는 '뼈아픈 실수' 하나가 있습니다.

저는 대학을 졸업하고 서울에 있는 숭실고등학교 국어교사로 사회생활의 첫발을 내디뎠습니다. 교사가 된 지 3년째 되던 1979년 봄에 저의 첫 시집 《슬픔이 기쁨에게》가 출간되었습니다. 당시는 출판사에서 시집을 내주는 일이 거의 없을 때라 첫 시집을 낸 기쁨은 무척 컸습니다.

하루는 제가 담임을 하던 1학년 2반 반장이 뜻밖에 돈을 모아 제게 가져왔습니다. 60여 명의 학생 중 절반이나 되는 학생이 제 시집을 사려고 낸 돈이라면서, 그 돈으로 시집을 사서 달라고 했습니다.

저는 깊게 생각하지 않고 돈을 받았습니다. 그리고 그 돈으로 출판사 측을 통해 시집을 사서 학생들에게 나누어주었습니다. 전혀 의도한 바가 없었고 그렇게 하라고 시킨 것도 아니었지만, 결과적으로 제가 우리 반 학생들에게 돈을 받고 제 시집을 판 꼴이 되었습니다.

그해에 교단을 떠났지만 해가 지날수록, 시집을 내면 낼수록 그때 일이 떠올라 부끄럽기 짝이 없었습니다. 혹시 시집을 사고 싶은 사람이 있으면 직접 서점에 가서 사라고 하면 되었을 텐데 제가 왜 그랬는지 두고두고 후회했습니다.

그때 우리 반 학생들한테만은 시집에 정성껏 사인을 해서 한 권씩 그냥 건네줬으면 얼마나 아름다운 선물이 되었을까요. 아니면 학생들이 건네준 돈으로 평생 간직할 만한, 두고두고 읽을 다른 책을 사주고, 제 시집은 제가 그냥 주었으면 얼마나 좋았을까요. 왜 그런 생각을 못 했는지, 왜 그런 실수를 저질렀는지 나이가 들어갈수록 후회스럽고 부끄럽습니다.

지금은 이름을 잊었지만 키가 크고 체격이 좋았던 반장 녀석의 선량한 얼굴이 잊히지 않습니다. 혹시 이 글을 읽고 그때 그 시집을 산 학생들이 연락해온다면, 늦었지만 제 시집을 한 권씩 주고 싶습니다.

또 한번은 점심을 같이 하자는 선배의 전화를 예의 없이 시큰둥하게 잘못 받는 바람에 그만 우정이 단절된 적도 있습니다. 그날은 누구도 만나고 싶지 않을 정도로 마음이 우울했는데, 그만 저도 모르게 식사 제의를 거절함으로써 제 속마음을 드러내고 말았습니다.

선배는 화가 나서 그다음부터는 저를 본체만체했습니다. 저는 곧 제 실수를 깨닫고 진정으로 사죄의 편지를 보냈습니다. 그러나 선배는 답장은커녕 결코 저를 용서하지 않았습니다. 그 이후로는 저와의 인간관계마저 단절시켜버리고 말았습니다. 저는 그때 제 잘못을 크게 깨닫고 마음속으로 이렇게 되뇌었습니다.

'내가 남한테 실수하지 않는 것도 중요하지만, 남이 나한테

한 실수는 가능한 한 이해하고 용서하는 것이 중요하구나. 나는 남이 나한테 한 실수가 그 어떠한 것이든 용서할 수 있도록 노력해야지……'

이렇게 저도 실수 덩어리입니다. 그래서 저는 요즘 이런 생각을 합니다.

'나의 작은 실수에 크게 실망하지 말아야지. 나의 큰 실수에도 크게 실망하지 말아야지.'

큰 실수도 작게 보면 작아집니다. 작은 실수도 크게 보면 커 보입니다. 중요한 것은 '아, 내가 실수했구나' 하고 자기 실수를 인정하고 스스로 받아들이는 마음입니다. 그리고 다른 사람의 실수도 이해하고 너그럽게 받아들이는 마음입니다.

그리고 더욱 중요한 것은 똑같은 실수는 되풀이하지 않는 일입니다. 똑같은 실수를 자꾸 되풀이하면 그 실수가 실패가 될 수 있습니다.

대패질하는 시간보다
대팻날을 가는 시간이 더 길 수도 있습니다

대패가 무엇인지 아시나요? 대패는 나무를 반반하고 곱게 밀어 깎는 연장입니다. 예전에 한옥은 흙과 나무로 지었는데, 산에서 가져온 나무를 그대로 쓸 수 없잖아요. 나무를 집 짓는 데 쓰려면 자르고 깎고 다듬어야 합니다. 나무를 자를 때는 톱이 쓰이고 나무를 다듬는 데는 대패가 쓰입니다. 대패로 나무를 밀어 깎는 것을 대패질이라고 합니다.

목수들이 대패질을 하기 전에 반드시 먼저 하는 일이 있습니다. 바로 대패에 끼우는 쇠의 날인 대팻날을 숫돌에 가는 일입니다. 숫돌은 칼을 가는 돌인데, 숫돌에 칼을 갈면 아주 날카롭게 날이 섭니다. 종일 대패질을 해야 하는데 대팻날이 서지 않고 무디면 대패질이 잘 될 리가 없습니다. 대팻날이 잘 들어야 대패질을 잘할 수 있습니다. 그래서 목수들은 대패질을 잘하기 위해서 반드시 숫돌에 대팻날부터 갑니다.

제가 어릴 때 동네에 집을 고쳐주는 목수가 있었습니다. 마루나 기둥이 썩으면 새것으로 갈아주는 일 등을 했습니다. 빈터에 새로 집을 짓기도 했습니다. 저는 그때 목수가 대패질을 하기 전에 대팻날을 오랫동안 정성껏 숫돌에 가는 것을 보았습니다.

그것은 대패질을 잘하기 위한 준비였습니다. 즉 대팻날을 간다는 것은 준비한다는 것을 의미합니다.

여러분은 지금 대팻날을 갈면서 자신의 인생을 준비하고 있습니다. 내 인생이라는 대패질을 잘하기 위해서 열심히 대팻날을 갈고 있는 것입니다. 대팻날을 세우지 않고 섣불리 대패질부터 먼저 하다가는 나중에 송판 하나 제대로 다듬지 못합니다. 그래서 지금 열심히 학교를 다니면서 공부라는 대팻날을 갈고 있는 것입니다.

물론 열심히 해도 뜻대로 되지 않을 수도 있습니다. 그럴 때는 '아, 내가 지금 대팻날을 더 갈아야 할 때구나' 하고 생각해보는 게 좋습니다. 야구나 축구 시합에서 뜻한 만큼 잘되지 않는다면, 피아노나 바이올린을 좋아하는데 생각보다 연주가 잘 안 된다면, 그렇게 생각할 필요가 있습니다.

저는 시가 잘 써지지 않을 때 '아, 내가 준비가 부족했구나. 내 영혼이 무뎌졌구나. 좀 더 대팻날을 갈아야겠구나' 하고 반성하게 됩니다. '시를 쓰지 않으면 견딜 수 없는 절박함이라는 대팻날, 꼭 시를 쓰지 않으면 안 되는 필연성이라는 대팻날이 무뎌졌구나' 하고 자탄하게 됩니다.

그런데 살아가다 보면 대패질을 하는 시간보다 대팻날을 가는 시간이 더 길 수도 있습니다. 붓을 들어 글씨를 쓰는 시간보다 먹을 가는 시간이 더 길 수도 있습니다. 어부가 고깃배를 타고 바다로 나가기 전에 부두에서 그물을 깁는 시간이 더 길 수도 있습니다. 혹시 내가 대팻날만 갈고 있구나, 대팻날을 가는 시간이 무척 길구나 하는 생각이 들어도 괜찮습니다.

일찍 시작했다고 해서 반드시 일찍 이룰 수 있는 건 아닙니다. 일찍 핀 꽃이 튼튼한 열매를 맺는다는 보장은 없습니다. 얼마만큼 오랜 시간 동안 참고 견디며 얼마나 정성껏 준비했느냐가 중요합니다.

아무리 보잘것없는 일이라도 미리 준비를 해야만 최선을 다할 수 있습니다. 준비 없이는 결코 최선을 다할 수 없습니다. 최선을 다하면 결과에 매달리지 않을 수 있습니다. 최선을 다하지 않은 경우엔 공연히 결과에 더 매달리게 됩니다. 북한산에 등산을 가면서 슬리퍼를 신고 가면 등산로 입구에 있는 돌멩이에 걸려 넘어질 수 있습니다.

준비를 하더라도 한꺼번에 여러 가지 준비를 하지 않는 게 좋습니다. 한 번에 한 가지씩 차근차근 준비해나가면 일이 더 잘 될 수 있습니다. 볼록렌즈로 모은 햇빛이 불꽃을 일으킬 때는 초점이 하나로 모아질 때입니다.

그래서 준비를 하더라도 너무 조급해하지 않는 게 좋습니다. 좀 늦어져도 괜찮습니다. 대팻날을 제대로 갈지 못해서 대패질을 잘하지 못하는 것보다는 좀 시간이 걸리더라도 대팻날을 제대로 갈아서 대패질을 잘하는 게 중요합니다. 소설가 박완서 선생님이나 이병주 선생님은 마흔 살이 넘어서야 작가 생활을 시작했습니다. 일찍 시작했다고 해서 반드시 일찍 이룰 수 있는 건 아닙니다. 일찍 핀 꽃이 튼튼한 열매를 맺는다는 보장은 없습니다. 얼마만큼 오랜 시간 동안 참고 견디며 얼마나 정성껏 준비했느냐가 중요합니다.

서른세 해를 산 목수였던 예수도 대팻날을 가는 데에 서른 해의 시간을 보냈습니다. 예수는 나머지 세 해 동안 활동했을 뿐입니다. 예수에게도 기다림이 있고 준비 기간이 있었듯이 부처가 된 싯다르타 또한 오랜 고행의 기간을 거쳤습니다.

특히 10대 때는 대팻날을 가는 시기입니다. 이 시기에 대팻날을 갈지 않고 섣불리 대패질을 하다가는 송판 하나 제대로 다듬지 못하게 됩니다.

준비할 수 있어야 합니다. 아무리 보잘것없는 일이라 할지라도 준비해야만 최선을 다할 수 있습니다. 최선을 다할 수 없고, 최선을 다하지 않은 경우엔 공연히 결과에 더 집착하게 됩니다. 등산을 한다면서 슬리퍼를 신고 가서 산에 오르지도 못하고 등산로 입구에 있는 돌멩이에 걸려 넘어져서야 되겠습니까.

준비를 하더라도 한꺼번에 여러 가지를 준비하려 들지 말고 한 번에 한 가지 일에만 관심을 갖는 그런 준비 자세가 필요합니다. 햇빛이 불꽃을 일으킬 때가 언제입니까. 하나의 초점에 모아질 때만 불꽃을 일으키지 않습니까.

요즘은 많은 이들이 준비 없이 얻으려고 합니다. 준비가 없으면 하고자 하는 일이 잘되지 않습니다. 준비가 부족한데 어떻게 일이 잘될 수 있겠습니까. 젊은 여러분은 지금 대패질을 할 때가 아니라 대팻날을 갈아야 할 때입니다. 단 한 번의 대패질을 위해서라도 노력이라는 대팻날을 열심히 갈아야 합니다.

햇빛이 계속되면 사막이 되어버립니다

몽골 남부에 있는 고비 사막에 갔을 때입니다. 햇빛이 너무 강하게 내리쬐 타고 있던 지프차의 문짝을 떼어내고 달렸습니다. 정해진 길은 없었습니다. 키 작은 사막의 풀 사이로 앞서간 차들이 지나간 자리가 곧 길이었습니다.

운전사인 몽골 청년은 그 길을 따라가거나, 새로운 길을 내며 끝없이 달려갔습니다. 목은 마르고 막막했습니다. 사방을 둘러봐도 지평선밖에 보이지 않았습니다.

저는 생수를 벌컥벌컥 들이켰습니다. 지프차가 만들어준 그늘에 쪼그리고 앉아 준비해간 도시락을 먹는 동안에도 햇빛은 강하게 내리쬐었습니다. 문득 사막에서 밥을 먹고 있는 제가 사막을 헤매는, 목마른 도마뱀 한 마리에 불과하다는 생각이 들었습니다.

그러다가 어느 한 지점에 이르렀습니다. 수백 마리의 양과 말들이 한데 모여 물을 마시는 모습이 보였습니다. 우물이 있었습니다. 청년은 긴 나무막대 끝에 달린 바가지로 물을 길어 저에게 주었습니다. 사막의 물은 차고 달고 시원했습니다. 살 것 같았습니다.

그날 저는 사막은 왜 사막이 되었을까 생각해보았습니다. 그리고 사막이 되기 전에 고비는 어떠한 곳이었을까 하고 이런 상상을 해보았습니다.

고비는 비가 많이 오는 곳이었어요. 비가 너무 많이 와서 나무와 풀과 낙타와 여우가 살기에 어려웠어요. 그래서 고비는 신에게 햇빛이 내리쪼이게 해달라고 간청했어요. 신은 고비의 간청을 들어주면서 한 가지 조건을 내걸었어요. 그것은 다시는 비가 오게 해달라고 할 수 없다는 조건이었어요. 고비는 햇빛이 너무나 간절한 나머지 그 조건을 받아들였어요.

신은 고비에게 햇빛을 내려주었어요. 고비에는 차츰 물이 말라가 살기 아주 좋아졌어요. 그러나 어느 정도 시간이 지나자 고비는 메마르기 시작했어요. 예전처럼 비가 내려야만 했어요. 그러나 고비는 비가 오게 해달라고 할 수 없다는 신과의 약속을 지켜야만 했어요. 고비엔 계속 햇빛만 내리쬐었고, 결국 고비는 사막이 되고 말았어요.

우리는 이 세상을 살아가면서 불행한 일이 없기를 간절히 바랍니다. 언제나 좋은 일만 일어나기를 원합니다. 저도 마찬가지입니다. 아침에 일어나면 오늘 하루도 절대로 나쁜 일은 일어나지 않게 해달라고 기도합니다.

저의 그런 기도는 고비가 햇빛을 내려달라고 한 기도와 똑같습니다. 저는 지금도 저의 삶에 비가 많이 내리기보다 햇빛이 많이 들기를 원합니다. 햇빛이란 좋은 일, 복된 일, 즐겁고 기쁜 일 등을 의미합니다. 아마 대부분의 사람들이 그럴 것입니다. 여러분도 앞으로 살아가는 내내 즐겁고 기쁘고 행복한 일로만 가득하기를 바랄 것입니다.

그런데 한번 생각해보세요. 그렇게 될 리도 없지만, 정말 그렇게 된다면 어떻게 될까요? 그게 진정한 삶이라고 할 수 있을까요? 인간을 사랑하는 신은 결코 인간에게 그러한 삶을 허락하지 않습니다. 신은 인간을 사랑하기 때문에 행복과 불행을, 좋은 일과 나쁜 일을 알맞게 적절히 섞어 선물해줍니다.

고비는 신에게 햇빛과 비를 골고루 섞어서 알맞게 내려달라고 부탁해야 했습니다. 만일 그렇게 했다면 고비는 지금처럼 사막이 되지 않았을 것입니다.

우리도 늘 햇빛만 드는 인생을 살게 해달라고 기도해서는 안 됩니다. 그렇게 하다간 저 고비처럼 사막이 된 인생을 살게 됩니다.

지금 자신의 삶이 사막과 같은 삶이라고 여겨진다면 그것은 지금까지 너무 좋은 일만 바란 결과일 것입니다. 지금부터라도 햇빛뿐만 아니라 비도 원해야 합니다. 비가 오더라도 고통이라는 비바람이 몰아쳐야 되고, 눈이 오더라도 시련이라는 눈보라가 몰아쳐야 합니다. 그러지 않으면 내 인생이라는 땅은 황폐한 사막이 되고 맙니다.

여러분은 고통이라는 비바람, 시련이라는 눈보라가 불어오기를 원하지 않으시나요? 고통과 시련 없는 인생은 없습니다.

고통은 생명입니다. 이 세상에 고통이 없는 사람이 있습니다. 누구일까요? 바로 죽은 사람입니다. 죽은 사람은 아무런 고통이 없습니다. 죽음은 고통으로부터의 해방과 자유를 의미합니다. 따라서 내게 고통이 없기를 바란다는 것은 내가 죽기를 바란다는 뜻입니다. 우리는 고통이 없기를 바람으로써 죽기를 바라서는 안 됩니다. 고통이 없기를 바라기보다 고통을 이해할 수 있어야 합니다.

두 송이 포도가 있습니다. 하나는 사람들의 발에 짓밟히거나 으깨지는 것을 거부했습니다. 즉 고통을 거부했습니다. 나중에 그 포도는 어떻게 되었을까요? 부패, 즉 썩어버렸습니다.

또 한 송이 포도는 짓밟히거나 으깨지는 것을 받아들였습니다. 즉 고통을 긍정하고 수용했습니다. 차차 시간이 지날수록 그 포도는 어떻게 되었을까요? 발효, 즉 포도주가 되었습니다. 내가 고통을 부정하고 거부함으로써 썩어버리는 존재가 될 것인가, 긍정하고 인내함으로써 발효가 되는 존재가 될 것인가는 우리 각자 선택의 몫입니다.

당연히 저는 발효가 되는 존재가 되고 싶습니다. 발효가 되어 포도주라는 새로운 존재로 거듭나게 되기를 바랍니다. 여러분도 그 어떤 고통이 주어지더라도 그것을 긍정하고 받아들임으로써 발효가 되는 존재가 되어 우리 사회와 이 시대가 요구하는 소중한 존재가 되어야 마땅합니다.

진주에도 상처가 있습니다

잡지기자 생활을 할 때 남해안에서 진주 양식을 하는 어민을 취재한 적이 있습니다. 그분은 양식하던 진주조개를 바다에서 끄집어내어 칼로 속을 벌려 보여주었습니다. 조개의 몸속엔 아직 채 만들어지지 않은 진주가 들어 있었습니다.

양식 진주는 조개껍데기로 둥글게 만든 '핵'이라고 일컫는 알갱이를 진주조개 속에 집어넣어 만듭니다. 그 조개를 매년 5월에 바닷속에 넣어두었다가 이듬해 12월에 건져올립니다.

진주조개는 몸속에 그런 알갱이 같은 이물질이 들어오면 뱉어내려고 합니다. 잘 뱉어내지지 않으면 자기를 보호하기 위해 조개껍데기와 같은 성분인 '네이커'를 분비해 이물질의 둘레를 감쌉니다. 그리고 그것이 자꾸 쌓여 바닷속의 여러 광물질과 합쳐지는 과정 속에서 아름다운 진주가 탄생합니다.

그러니까 진주는, 조개가 모래알 같은 것에 의해 상처가 생겼을 때 그 상처를 아물게 하려고 노력하다가 만들어지는 것입니다. 상처 회복에 필요한 성분으로 오랫동안 상처를 치유하다가 마지막으로 얻어지는 게 바로 영롱한 진주입니다.

그러니까 진주는 진주조개의 상처입니다. 그 상처를 사람들이 보석이라고 하는 것입니다.

저는 어민이 조개의 몸속을 보여줄 때 '저 진주조개는 자기의 상처가 얼마나 고통스러울까' 하는 생각이 들었습니다. '내가 만일 진주조개라면, 내 속에 모래알이 들어와 상처를 내었다면 나는 어떻게 할 것인가' 하는 생각도 해보았습니다.

저는 내 몸에 상처를 낸 모래알을 미워하고 원망만 하고 있을 것 같았습니다. 상처를 회복하기 위한 어떠한 노력도 하지 않고 절망의 나날만 보내고 있을 것 같았습니다.

그렇게 생각되는 저 자신이 무척 나약하다고 느껴졌습니다. 상처를 스스로 치유하지 못하고 그 상처 때문에 나를 사랑하는 이들을 괴롭히는 저 자신이 눈에 띄었습니다. 그러나 끝내는 저도 진주조개처럼 상처가 아물 때까지, 그리하여 아름다운 진주가 될 때까지 차가운 바닷속에서 참고 견뎌내지 않으면 안 되었습니다.

나의 상처가 나의 아름다움을 낳습니다. 상처의 고통을 견뎌내는 인내의 힘이 진주와 같은 아름다움을 낳습니다.

나에게 왜 상처가 필요한 것일까요. 왜 나에게 슬픔이 필요하고 눈물이 필요한 것일까요. 그것은 나에게도 진주가 필요하기 때문입니다. 나도 아름다워지기를 원하기 때문입니다. 상처 없이는 내가 아름다워질 수 없기 때문입니다.

아름다운 진주도 처음에는 하나의 상처였습니다. 상처를 낸 침입자 모래알을 밖으로 내보낼 방법이 없었습니다. 방법이 있다면 오직 체액으로 그 모래알을 겹겹이 감싸는 것밖에 없었습니다. 오랜 시간 동안 정성을 다해 상처를 보듬고 감싸는 일! 그것이 아름다운 보석을 만드는 일이었습니다.

저는 이제 상처받는 것을 두려워하지 않으려고 합니다. 이 세상에 상처받지 않고 사는 사람이 어디 있겠습니까. 몸속에 모래알이 침입해 들어오지 않는 조개가 어디 있겠습니까.

풀잎에도 상처가 있습니다. 꽃잎에도 상처가 있습니다. 비 오는 날에는 빗방울에도 눈 오는 날에는 눈송이에도 상처가 있습니다. 눈비가 그치면 햇살에도 상처가 있습니다. 상처 많은 햇살이 더 맑고, 상처 많은 꽃잎이 더 향기롭습니다. 소나무도 송진의 향을 내뿜으려면 몸에 상처가 나야 합니다.

저는 이제 상처를 두려워하지 않습니다. 혹시 그 상처가 저로 하여금 참되고 아름다운 시를 쓸 수 있도록 해줄지 어찌 알겠습니까.

상처는 스승입니다

상처에 관한 이런 우화가 있습니다.

10센티미터 자가 하나 있었습니다. 이 자는 무엇이든 그 길이를 마구 재고 다니면서 으스대었습니다.

"넌 길이가 5.4센티미터야. 넌 키가 9.8센티미터밖에 안 돼. 넌 코 길이가 6.2센티미터야. 10센티미터도 안 되는 것들이 까불어."

그러던 어느 날이었습니다. 10센티미터 자는 저울을 만나게 되었습니다.

저울은 자를 보자마자 무조건 자를 저울 접시 위에 올려놓았습니다. 그러고는 웃음을 터뜨리며 비웃었습니다.

"하하, 넌 겨우 5그램이군. 짜식! 아주 가벼운 놈이네. 비켜라! 상대도 하기 싫으니까!"

저울은 더 이상 자를 보지도 않고 휙 가버렸습니다.

10센티미터 자는 너무 기가 막히고 억울했습니다. 저울이 자기 멋대로 함부로 평가하는 것이 몹시 기분 나빠 욕을 퍼부었습니다.

그러다가 10센티미터 자는 문득 자기 또한 남들을 함부로 평가하고 많은 상처를 주었다는 사실을 깨달을 수 있었습니다.

저는 이런 자도 저울도 되고 싶지 않습니다. 남한테 그런 상처를 받기도 싫고 주기도 싫습니다. 상처가 주는 파괴적 힘이 너무 무섭고 두렵기 때문입니다. 그러나 그것은 어디까지나 저 혼자만의 희망사항일 뿐, 상처를 받지도 않고 주지도 않고 살아갈 수는 없습니다.

사랑하는 부모 자식 사이라 할지라도 서로 상처를 주고받으면서 살아갑니다. 상처를 어떻게 받아들이느냐, 받아들이지 못하느냐 하는 문제만 남아 있을 뿐입니다. 왜 상처를 주느냐고 따질 수 없는 게 우리 각자의 현실입니다.

상처는 어떻게 생각하느냐에 따라 살아가는 데 힘이 될 수도 있고, 있던 힘마저 빼앗아가버릴 수도 있습니다. 곪아 들어가는 상처를 들여다보고 울고만 있으면 있던 힘마저 빼앗기게 됩니다. 스스로 상처에 약을 바르고 끊임없이 돌보면 오히려 그 상처가 힘이 될 수 있습니다.

그러나 상처가 살아갈 힘이 되는 경우보다 살아갈 힘을 잃게 하는 경우가 더 많습니다. 지난날 입은 마음의 상처 때문에 오늘을 제대로 살지 못하는 경우는 누구나 경험하게 됩니다.

여러분이나 저나 지극히 작은 일에도 큰 상처를 받고 그걸 견뎌내느라 고슴도치처럼 웅크리고 지낼 때가 많습니다. 친한 친구가 별거 아닌 일로 "우리 이제 그만 만나. 난 너 싫어!" 하고 말하면 그 말 한마디에 그만 가슴이 무너집니다. 그리고 그 말을 잊거나 용서하기 위해 고통의 나날을 보내게 됩니다. 아무리 그 상처에서 새살이 돋기를 기다려도 새살이 돋지 않습니다.

저는 아예 상처받지 않게 되기를 바라지 않습니다. 그런데 그러면 그럴수록 더 상처가 많이 생깁니다. 아무리 조심조심 피해 다녀도 상처받는 일이 꼭 생깁니다. 상처 없기를 바란다는 것은 바다에 가지도 않고 바닷가를 거닐고 싶어 하는 것과 똑같습니다.

그래서 요즘은 상처를 받아들이고 긍정하려 노력합니다. 상처를 부정만 하면서 시간을 보낼 수는 없습니다. 부정하면 할수록 상처를 돌보고 긍정하는 일에 더 많은 시간이 걸릴 뿐입니다.

지금 내 안에 살아 숨 쉬는 상처들을 도대체 어떻게 하면 잘 받아들일 수 있을까요. 먼저 스스로 치유하려고 노력해야 합니다. 엄마가 아기였던 나를 돌보았듯이 내 상처를 내가 엄마처럼 돌보아야 합니다.

나 이외에는 아무도 나의 상처를 돌보아줄 이가 없습니다. 부모가 아기를 돌보지 않으면 그 아기가 어떻게 되겠습니까. 엄마가 젖도 먹이지 않고 안아주지도 않고 씻겨주지도 않는다면 아기는 살아갈 수가 없습니다. 상처도 마찬가지입니다. 내 상처를 내가 돌보아야 합니다. 상처가 어디에서 왔건 어디에서 태어났건 아무 상관이 없습니다. 상처가 현재 내 안에서 하나의 생명체로 살아 움직인다는 사실이 중요합니다.

상처는 어쩌면 지금 내 안에서 나를 해칠 준비를 하고 있는지 모릅니다. 아니, 이미 해치고 있는지도 모릅니다. 거칠게 분노의 뿌리를 내리고 잡초처럼 자라 나를 폐허로 만들고 있는지도 모릅니다. 아니면 내가 돌보아주기를 간절히 기다리고 있는지도 모릅니다.

그래서 저는 제 상처에 열심히 치유의 물을 주고 돌보려고 합니다. 아무도 돌보지 않는, 버려진 내 상처의 황폐한 텃밭을 가꾸려고 합니다. 풀을 뽑고 땅을 갈아 상추도 심고 토마토도 심으려고 합니다. 그 텃밭에서 자란 푸성귀를 먹고 다시 열심히 살아가려고 합니다. 더 이상 분노의 열매를 맺지 않도록 상처를 제 가족으로 받아들여 안아주고 다독거리며 함께 살아가고자 합니다.

상처를 치유할 수 있는 힘은 어디까지나 나 자신에게만 있습니다. 내게 상처를 준 사람이 나를 치유시켜주기를 기대하거나 기다리고 있다면 끝내 상처를 치유할 수 없습니다. 내게 상처를 준 자가 잘못했다고 진정 사과해야만 그때 비로소 내 상처가 나을 수 있다고 생각한다면 큰 오산입니다.

어떤 상처를 받든 그 상처의 궁극적 책임은 나 자신에게 있습니다. 그래서 내 상처는 내가 돌보아야 합니다. 나 이외에는 아무도 내 상처를 치유할 수 없습니다. 오직 나만이 나의 상처를 치유할 수 있습니다. 상처는 나의 스승입니다.

호랑이는 토끼 한 마리를 잡을 때에도
있는 힘을 다합니다

호랑이 한 마리가 토끼 한 마리를 잡기 위해 달려가는 장면을 머릿속에서 그려볼까요. 호랑이에게 토끼같이 작은 동물은 한주먹감도 안 되기 때문에 슬슬 느릿느릿 가다가 앞발로 툭 한 번 건드려 잡을까요? 아니요. 그렇지 않습니다. 호랑이는 토끼 한 마리를 잡는 데도 있는 힘을 다합니다. 200킬로그램의 몸으로 100미터를 5초에 달리는 속도를 내며 달려가 순식간에 잡습니다.

이번에는 토끼의 입장이 되어 생각해볼까요. 호랑이에게 쫓기는 토끼는 어차피 죽을 목숨이니까 포기하고 그만 주저앉아버릴까요. 아니요. 호랑이의 일격이 날아들 때까지, 1초 뒤에 당장 호랑이한테 잡혀 죽는다 하더라도 있는 힘을 다해 도망칩니다. 호랑이도 토끼도 최선을 다하는 겁니다.

그런 호랑이나 토끼보다도 못한 게 바로 인간인 저 자신입니다. 저는 무슨 일을 할 때 최선을 다하지 않을 때가 많습니다. 하는 일이 조금만 힘들어도 포기하려 듭니다. '오늘 할 일을 내일로 미루자' 하고 하던 일을 일찌감치 거두어버리기 일쑤입니다.

저는 시인이므로 시 쓰는 일에 가장 마음을 다해야 합니다. 그러나 시를 생각하는 날보다 시를 생각하지 않는 날이 더 많습니다. 정작 시를 쓸 때도 제 마음에 물 한 방울, 피 한 방울이 다 없어질 때까지 써야 하는데 그러지 않습니다. 쓴 시가 마음에 들지 않아도 어떤 때는 서둘러 발표해버리고 맙니다.

사랑하는 일도 그렇습니다. 남을 사랑하는 일에 마음을 다하면서 살아가야 되는데 저는 남을 사랑한다고 하면서도 남이 먼저 나를 사랑하기를 기다릴 때가 있습니다. 남을 먼저 사랑하다가 많은 것을 잃는다 하더라도 아예 사랑하지 않은 것보다 더 낫다는 사실을 잘 알지만 마음을 다하지 않습니다.

이제 저도 호랑이처럼 무슨 일을 하든지 전심전력을 다해야 한다는 생각이 듭니다. 아무리 보잘것없는 일일지라도 제가 하는 일에 온 마음을 다 쏟아야겠습니다.

미국 캘리포니아 주 사막에 '태고사'라는 한국식 전통사찰을 지은 미국인 무량스님은 "최선을 다하고 나면 배울 점이 많지만 시도조차 하지 않으면 아무것도 배울 수가 없다"라고 하셨습니다. 무량스님은 그런 마음이 있었기 때문에 사막에서 혼자 힘으로 10년 넘는 세월 동안 절을 지을 수 있었습니다.

그리고 최선을 다한 결과에는 너무 마음을 두지 않아야겠습니다. 최선을 다했지만 기대한 만큼 결과가 좋지 않을 수 있습니다. 제 경우, 최선을 다해 쓴 시가 나중에 보면 쓰나 마나 한 평범한 시일 수 있습니다. 어느 화가가 최선을 다해 그림을 그렸어도 그 그림이 꼭 대한민국미술대전에서 대상을 받는다는 보장은 없습니다. 학생이 학교 시험공부에 최선을 다했으나 그 결과가 생각보다 나쁠 수도 있습니다. 최선을 다했다고 해서 언제나 기대하는 만큼 결과가 좋으리라는 보장은 없습니다.

최선을 다했다는 이유로 지나치게 좋은 결과를 기대하면 뜻밖에 마음의 상처를 입을 수 있습니다. 그래서 최선의 결과는 그 결과 그대로 받아들여야 합니다. 보다 중요한 것은 어떠한 경우에도 최선을 다하는 일입니다.

최선을 다하는 방법에 대해서도 한번 생각해볼 필요가 있습니다. 최선을 다했다 하더라도, 내가 선택한 방법이 최선의 방법이 아닐 수 있다고 여기는 마음이 필요합니다. 내가 최선을 다했는가 다하지 않았는가, 제대로 된 최선의 방법을 선택했는가 그러지 않았는가는 누구보다 자기 자신이 잘 압니다.

시험공부를 위해 인터넷 강의를 들을 때는 아무리 하고 싶어도 컴퓨터 게임을 하지 않아야 합니다. 그것은 최선의 방법을 선택한 게 아닙니다. 걸레질을 할 때는 걸레질만, 달리기를 할 때는 달리기만 생각해야지 다른 생각을 하면 최선의 결과를 얻을 수 없습니다.

한 방울의 물이 바위를 뚫습니다. 닭이 알을 품을 때도 결코 다른 생각을 하지 않습니다. 20여 일 동안 먹지도 않고 수탉에게 곁도 내어주지 않습니다. 어미 닭으로서 오직 안전하게 알을 부화할 생각만 합니다.

그러나 이렇게 최선을 다하다 보면 지칠 때가 있습니다. '아, 이게 나의 한계다' 하고 느껴질 때가 있습니다, 그럴 때는 조금만 더 견뎌보고자 하는 마음이 필요합니다. 원래 한계란 누가 정해놓은 것이 아니고 자신이 정한 겁니다. '이제 좀 쉬고 싶다, 더 이상 할 수 없다, 할 만큼 했다' 하고 생각하며 자기 스스로 타협한 것에 불과합니다.

그리고 한 번에 한 가지 일에만 최선을 다해야 합니다. 동시에 여러 가지 일에 최선을 다하려고 하면 어느 것에도 최선을 다하기 어렵습니다. 처음 활쏘기를 배우는 사람은 두 개의 화살을 지니지 않습니다. 처음부터 전심전력을 다하는 습관을 지니기 위해서입니다.

언제나 내 마음속에 자리 잡고 있는 두 개의 마음, '적당히 하자'와 '최선을 다하자' 중에서 하나를 완전히 버려야 합니다.

하버드대 졸업장보다
독서하는 습관이 더 중요합니다

마이크로소프트 창업주 빌 게이츠가 한 말입니다. 이 말은 독서의 중요성을 강조하는 데에 부족함이 없습니다. 세계에서 가장 좋은 대학으로 일컬어지는 대학의 졸업장보다 스스로 책을 읽는 일이 더 중요하다는 것은 그만큼 독서가 인간 형성에 결정적 역할을 한다는 뜻입니다.

그는 왜 이런 말을 했을까요. 본인이 바로 하루 한 시간씩, 주말에는 서너 시간씩 꼭 책을 읽기 때문입니다. 그는 디지털 시대를 앞장서서 이끌면서도 "컴퓨터가 책을 완전히 대체할 수는 없다. 내가 살던 마을의 작은 도서관이 지금의 나를 만들었다"라고 말합니다.

군이 빌 게이츠를 예로 들지 않더라도 책과 독서에 관한 명언은 수없이 많습니다. 대표적인 명언 '책 속에 길이 있다' '사람은 책을 만들고 책은 사람을 만든다'부터 '책을 천하게 여기는 것은 아버지를 천하게 여기는 것과 같다' '책이 없는 백만장자가 되기보다 차라리 책과 더불어 살 수 있는 거지가 되는 게 한결 낫다' '책 두 권을 읽은 사람이 책 한 권을 읽은 사람을 지배한다' '책 읽을 시간이 없으면 책을 쓰다듬기라도 하라’ ‘구해놓은 책을 읽지 않으면 저승에 가서 그 책들을 두 손으로 높이 들고 서 있어야 한다’ ‘나는 한 시간의 독서로 시들어지지 않는 그 어떤 슬픔도 경험하지 못했다’에 이르기까지 일일이 다 열거할 수 없습니다. 어느 것 하나 소홀히 할 수 없는 책의 소중함과 독서의 필연성을 강조하는 명언입니다.

그중에서도 ‘책을 천하게 여기는 것은 아버지를 천하게 여기는 것과 같다’ 즉 ‘책천자冊賤者는 부천자父賤者’라는 말에 가슴이 뜨끔합니다. 이 말은 책을 아버지처럼 소중하게 여기라는 말입니다. 그동안 책을 소중하게 여기지 않음으로써 아버지를 천하게 여기게 된 것은 아닌지 반성하게 됩니다.

또 ‘구해놓은 책을 읽지 않으면 저승에 가서 그 책을 두 손으로 높이 들고 서 있어야 한다’라는 말에도 가슴이 뜨끔합니다. 사다놓고도 읽지 않고 몇 년째 방치하고 있는 책이 너무 많기 때문입니다. 저는 저승에 가서 틀림없이 책을 들고 서 있지 않으면 안 될 것 같아 지금이라도 구해놓고 읽지 않은 책을 한 권 한 권 독파해나가야 하겠습니다.

독서의 중요성을 일깨우는 역사적 인물도 많습니다. 그중에서 제가 존경하는 두 분의 이야기를 나누고자 합니다. 먼저 안

중근 의사입니다.

안중근 의사는 1909년 중국 하얼빈에서 초대 조선통감_{일본} _{제국이 대한제국을 보호국으로 설치한 감독기관} 이토 히로부미를 저격하여 처단한 독립운동가입니다. 우리 민족의 영웅으로, 대한민국 국민 모두가 존경해 마지않습니다.

안 의사는 1910년 3월 26일 오전에 사형장에서 돌아가셨습니다. 그런데 사형 집행 전, 그분의 마지막 소원은 무엇이었을까요. 놀랍게도 읽던 책을 마저 읽게 해달라는 것이었습니다.

사형이 선고된 후 안 의사는 여순 감옥에 수감돼 있었습니다. 안 의사는 항소를 포기하고 그곳에서 《동양평화론》을 저술하여 후세에 거사의 진정한 이유를 남기고 싶어 했습니다. 그래서 집필을 끝낼 때까지 사형 집행을 연기해 달라고 요청했으나 일본은 이를 무시하고 사형을 집행했습니다.

사형을 집행하기 전에는 사형수의 마지막 소원을 들어주는 것이 관행이어서 집행인이 안 의사에게 "마지막 소원이 무엇입니까?" 하고 물었습니다. 안 의사는 "5분만 시간을 주십시오. 책을 다 읽지 못했습니다" 하고 말했습니다.

그리고 마지막으로 더 남길 말이 있느냐고 물었을 때는 "아무것도 남길 유언은 없으나 다만 내가 한 일은 동양평화를 위해 한 것이므로 한일 양국인이 서로 일치협력해서 동양평화의 유지를 도모하기를 바란다"라고 말했습니다. 그리고 5분 동안 읽던 책의 마지막 부분을 다 읽고 어머니가 직접 지어주신 하얀 수의를 입은 뒤 고맙다는 인사를 하고 세상을 떠나셨습니다.

사형 집행을 기다리면서도 책을 집필하거나 읽는다는 것은 평범한 사람으로서는 행할 수 없는 일입니다. 이 사실 하나만 봐도 안중근 의사가 얼마나 위대한 분인지 알 수 있습니다. 왜 '하루라도 책을 읽지 않으면 입안에 가시가 돋는다一日不讀書 口中生荊棘, 일일부독서 구중생형극'라는 붓글씨를 남기셨는지 깊게 이해할 수 있습니다.

안중근 의사도 인간으로서 왜 죽음이 두렵지 않았겠습니까. 그러나 안 의사는 읽고 있던 책을 다 읽고 당당히 죽음을 받아들였습니다. 독서가 안 의사에게 죽음을 받아들일 수 있는 힘을 준 것이라고 여겨집니다. 그만큼 책은 죽음조차도 받아들일 수 있게 만드는 위대한 힘을 지녔습니다.

또 한 분은 시인 김규동 선생입니다. 함경북도 종성 고향 땅을 떠나 평생 분단의 상처를 안고 살다 가신 분입니다. 한국전쟁 때 서울 흑석동 산꼭대기 판잣집에 살다가 피난길에 올랐는데 그때도 책을 짊어지고 나섰습니다.

도스토옙스키의 《카라마조프가의 형제들》, 톨스토이의 《전쟁과 평화》, 앙드레 말로의 《인간의 조건》, 폴 발레리 시집 《해변의 묘지》, 임화 시집 《현해탄》, 오장환 시집 《성벽》, 소설가 이태준의 단편집 3권, 김기림 시인의 《시론》, 그리고 《성서》 등이 바로 그 책입니다.

아내가 땅을 파서 책을 독에 묻어두고 피난을 가자고 해도 그러지 않았습니다. 꼭 필요한 책 100여 권을 묶어 등에 지고 피난길에 나섰습니다. 노량진시장 부근에서 어느 지게꾼이 무거운 책 보따리를 선뜻 짊어져줘서 큰 도움을 받기도 했습니다.

고생 끝에 부산에 가서 피난살이하는 3년 동안 그 지게꾼이 짊어져준 책들을 읽었습니다. 책을 읽을 때마다 햇볕에 검게 그을린 지게꾼이 톨스토이보다 위대하다는 생각을 하면서 평생 그분을 잊지 않았습니다.

여러분, 놀랍지 않으세요? 전쟁 통에 피난을 가면서 다른 사람들은 우선 입을 것과 먹을 것을 챙기는데 김규동 시인은 100여 권이나 되는 책을 먼저 챙겼습니다. 도대체 그 까닭은 무엇일까요. 김규동 시인에게 책은 목숨과 맞바꿀 만큼 소중했기 때문입니다. 책이 곧 인간이고, 책이 곧 생명이기 때문이었습니다.

책은 읽으면 읽을수록 인간을 만들고 성장시킵니다. 저도 읽고 싶은 책 한 권만 있어도 하루하루가 기쁨과 생기로 가득 찹니다. 책을 읽었다는 사실만으로, 책을 읽다가 밑줄을 그었다는 사실만으로 마음이 따스해지고 배가 부릅니다.

독서는 다른 사람의 생각을 통해 내 내면의 생각을 성찰하게 해줍니다. 그래서 저는 가능한 한 다양하고 깊이 있게 책을 읽으려고 합니다. 단편적 지식이나 생각은 단편적 사고를 하게 만들고 전문성을 결여시키기 마련입니다.

이 세상에서 가장 무서운 사람은 책을 단 한 권만 읽은 사람이라고 합니다. 그 한 권 속에 있는 진실만이 진실이라고 믿게 돼 그만큼 인생을 바라보는 진실의 범위가 좁아져버리기 때문입니다.

여러분은 지금 영상 시대, 인터넷 시대, 게임 시대, 인공지능 시대를 살면서 독서의 중요성을 잃어버리기 쉽습니다. 어떠한 시대가 찾아올지라도 독서는 나를 형성하는 가장 큰 바탕이자 밑거름입니다. 독서의 바탕 위에서 새로운 시대가 출발되고 형성됩니다.

여러분 중에서도 책을 많이 읽은 친구가 학교 공부도 잘하는 경우가 많습니다. 독해력이 뛰어나기 때문입니다. 시험이란 결국 독해를 통해 문제 해결의 능력을 파악해보는 하나의 방법입니다.

10대에게 힘이 되어준 한마디

1판 1쇄 인쇄 2026년 1월 15일
1판 1쇄 발행 2026년 2월 9일

지은이 정호승
펴낸이 박강휘
편집 박정선 **디자인** 정윤수
마케팅 박유진 이수빈

발행처 김영사
주소 경기도 파주시 문발로 197(문발동) 우편번호10881
등록 1979년 5월 17일(제406-2003-036호)
주문 및 문의 전화 031)955-3100 **팩스** 031)955-3111
편집부 전화 02)3668-3291 **팩스** 02)745-4827 **전자우편** literature@gimmyoung.com
비채 블로그 blog.naver.com/viche_books
인스타그램 @drviche @viche_editors **X(트위터)** @vichebook
ISBN 979-11-7332-430-7 03810 책값은 뒤표지에 있습니다.

비채는 김영사의 문학 브랜드입니다.